DU MÊME AUTEUR

Romans

Aux Éditions Gallimard

CARESSE DE ROUGE. Prix François-Mauriac 2004 (« Folio », n° 4249).
KORSAKOV. Prix Roman France Télévisions 2004, prix des Libraires 2005 (« Folio », n° 4333).
BAISERS DE CINÉMA. Prix Femina 2007 (« Folio », n° 4796).
L'HOMME QUI M'AIMAIT TOUT BAS, 2009. Grand Prix des lectrices de *Elle* (« Folio », n° 5133).
QUESTIONS À MON PÈRE, 2010.

Chez d'autres éditeurs

ROCHELLE, *Fayard*, 1991 (repris dans « Folio », n° 4179).
LES ÉPHÉMÈRES, *Stock*, 1994 (repris dans *Pocket* n° 4421).
CŒUR D'AFRIQUE, *Stock*, 1997. Prix Amerigo-Vespucci 1997.
NORDESTE, *Stock*, 1999 (repris dans « Folio », n° 4717).
UN TERRITOIRE FRAGILE, *Stock*, 2000. Prix Europe 1 ; prix des Bibliothécaires (repris dans « Folio », n° 4856).

Récits

JE PARS DEMAIN, *Stock*, 2001. Prix Louis-Nucera.
LA FRANCE VUE DU TOUR (avec Jacques Augendre), *Solar*, 2007. Prix Antoine-Blondin.
PETIT ÉLOGE DE LA BICYCLETTE, 2007 (« Folio 2 € », n° 4619).

*pour vous chère Jacqueline,
en très amical souvenir*

LE DOS CRAWLÉ

*ou comment grandir
dans les eaux sensuelles
de l'enfance...*

Bonne baignade!

[signature]

ÉRIC FOTTORINO

LE DOS CRAWLÉ

roman

nrf

GALLIMARD

Pour Zoé

Elisa, Elisa
Elisa les autres on s'en fout,
Elisa, Elisa...

SERGE GAINSBOURG

1

J'ai entendu à la radio que l'été 76 sera le plus chaud du siècle. Tellement y a de soleil que même dans la mer on brûle. Oncle Abel dit que c'est à cause des méduses mais moi je crois que c'est juste Lisa et sa main dans ma main quand on court dans les vagues en criant. Moi j'ai treize ans et mon nom c'est Marin si vous voulez faire connaissance. Lisa elle a dix ans mais quand elle roule son regard noir avec du grave autour alors je suis sûr qu'elle a dans les douze ans et c'est pas si mioche que ça pour une fille. On se colle tout le temps moi et Lisa. On s'est juré de continuer quand on sera grands. On a prêté serment ou sarment je sais pas. Je préfère sarment et tant pis si oncle Abel s'énerve que j'estropie les mots avec ma langue. Moi ça me brûle partout du ventre aux joues quand je vois Lisa.

Oncle Abel fait le beau métier de délivrer les gens de leur passé vu qu'il est brocanteur. Son dépôt est tout éparpillé sur l'avenue de Pontaillac à la sortie de Royan. Sa maison est au-dessus de la salle où il garde au frais des bahuts et des lits d'enfants et des chaises fatiguées. Rien que des choses pas marrantes mais qui lui meublent le temps depuis que ma tante Louise a eu sa rupture. J'ai regardé dans le dictionnaire qui tient debout tout seul sur une table de ferme entre la pendule sans balancier et l'armoire à glace. À « rupture » j'ai lu « rupture de fiançailles, séparation ». Je me suis embrouillé car mon oncle et Louise c'était tout le contraire de la séparation. Eux aussi ils étaient collés et même la nuit dans leur lit. Moi et Lisa c'est seulement à la plage dans le sable chaud quand mon ventre brûle et aussi nos yeux à cause des rayons du soleil en plein dedans comme des abeilles. Ma tante est morte d'un évanouissement qu'on a appelé rupture de quelque chose. Je me suis souvenu qu'on pouvait mourir de rupture car c'est arrivé au chanteur Mike Brant il paraît que. Je sais aussi qu'y a longtemps oncle Abel a fait un accident dont faut jamais parler. Une nuit avec son fourgon il a renversé un cycliste qui roulait sans lumière. C'était pas sa faute mais sa peine à lui maintenant c'est qu'il a de la peine tout le temps et par-dessus le marché de la tante Louise.

Mes parents habitent dans la Corrèze. L'été ils sont aux champs du matin au soir alors ils me placent chez oncle Abel pour lui donner une autre compagnie que sa brocante et les robes de ma tante et le fantôme du cycliste. Mon père il me garde un peu en juillet à remuer les bottes de paille. Je sens pas ma force avec mes biscoteaux qui soulèveraient un âne mort il dit. Mais ma mère le dispute et on m'envoie changer d'air à l'océan. Pour aller se tremper on doit marcher jusqu'à la corniche et suivre l'odeur des beignets qu'un gars en tablier blanc pousse dans le sable sur une charrette à bras. Derrière la pile de gâteaux qu'il appelle « mascottes à la confiiiiture d'a-briiii-cooots » c'est la mer partout. À marée haute je pose mes yeux sur les beignets qui font comme des bouées rien qu'à les regarder.

Vers onze heures je me prépare pour la plage quand une voiture de course s'arrête devant la maison d'oncle Abel. Le moteur reste allumé car les chevaux dessous le capot ils ont pas l'air commodes. Je crois que c'est des tigres comme dans la réclame pour Esso. Monsieur Contini dépose Lisa ou plutôt il la jette. Il demande à l'oncle s'il peut la laisser pour la journée « parce que sa mère... ». J'entends pas la suite à cause des chevaux qui veulent décamper. Monsieur Contini est déjà reparti avec sa ménagerie de course. Oncle Abel il sait pas dire non alors qu'il a du passé plein son fourgon à décharger dans la cour. Il a pas besoin d'insister pour que je prenne Lisa et c'est à ce moment que ça commence à me brûler au ventre.

2

Lisa est une petite blonde avec des barrettes au milieu des cheveux et cette manière des filles de dire « arrête » quand elles veulent qu'on continue. Elle a dépassé l'âge de raison et ça se voit parce qu'elle veut toujours avoir raison même si elle se trompe. Quand elle parle elle bouge la tête comme celle du chiot monté sur ressort dans le fourgon d'oncle Abel. Lisa est fille unique ça veut dire qu'y en a pas deux pareilles. Lisa elle a ni frère ni sœur et elle trouve que c'est mieux car elle est déjà serrée à l'arrière de la voiture de course. En vrai ses parents ont une crevette de quatre ans mais on la voit jamais rapport à ce qu'elle est mongolienne et qu'elle habiterait très loin en Mongolie croit Lisa. Moi je sais bien que la Mongolie c'est chez les dingues. Son père travaille dans une banque et sa mère est très occupée toute la journée le soir aussi des fois. Lisa se plaint de pas les voir souvent. Je lui dis que c'est pas la mer à boire. Elle dit que sa mère est imbuvable.

Quand madame Contini dépose Lisa chez l'oncle Abel

elle donne seulement un coup de klaxon. Ses chevaux sont encore plus pressés que ceux de son mari. Ils sont pourtant pas nombreux vu que la voiture s'appelle une Mini mais Lisa m'a averti que c'est des poneys très grincheux à l'intérieur. Souvent elle a pas déjeuné chez elle alors je lui demande ce qu'elle veut. Elle répond toujours : « Du cao. » « Du quoi ? j'ai dit la première fois. — Du cacao » elle a articulé en levant les yeux au ciel. J'ai eu envie de lui vider le pot de Van Houten sur la tête ça lui aurait appris la politesse.

L'autre jour oncle Abel a ramené d'une maison morte deux statuettes en ferraille. Le soleil et la lune. Alors il nous a raconté l'histoire des marées. Quand les deux astres se suivent dans le ciel la mer bombe le torse si fort que même les beignets tout boursouflés font pas le poids pour la cacher. Il dit que c'est la force d'attraction. Je suis fier car je trouve qu'il est drôlement savant sur ce qui arrive dans l'univers pour un gars qui passe son temps dans les greniers. Quand le soleil et la lune font un triangle avec la terre on a droit à des marées de rien du tout.

Ce matin oncle Abel retrouve plus ses statuettes. « C'est ma mère qui les a piquées » m'a dit Lisa en secret. Madame Contini elle est clebsomane. Au début je croyais qu'elle aimait trop les cabots mais c'était pas ça et même que mon oncle Abel il l'invite plus à manger chez lui comme il faisait du temps de tante Louise car elle avait des atomes qui s'accrochaient avec madame Contini. C'est une dame de la haute elle disait ma tante. C'est Madame du Fermoir de Mon Sac à Main se moquait l'oncle.

Le regard de Lisa est tombé en tristesse d'un coup. Impossible de rien voir comme quand elle se met en maillot sous sa serviette et que je dois fermer les yeux. Oncle Abel était au fond du fourgon. Il a crié qu'on serait mieux à la plage avec cette chaleur. Lisa elle sait pas nager. Personne lui a appris. Pareil pour le vélo d'ailleurs. Je lui ai dit qu'on irait à la piscine de Foncillon. Là-bas ça déborde de maîtres nageurs sauveteurs c'est marqué sur leur écusson. Ils tiennent de longues tiges de bois avec des enfants au bout qui remuent les bras et les jambes on croirait des têtards. « Si tu veux je vais t'apprendre à nager » j'ai proposé. Comme elle répondait rien j'ai voulu la rassurer avec des histoires de sel : « À Foncillon ils mettent de l'eau de mer ça porte mieux. » Lisa a haussé les épaules. Sa mère elle l'a jamais portée sauf pour sa naissance alors elle s'en souvient pas.

3

Moi je l'aime beaucoup mon oncle Abel mais ce qui me tracasse c'est qu'il vieillit à la première occasion. C'est sûrement à cause de la rupture avec ma tante ou alors de tout ce passé qu'il rapporte des maisons en disant que ça remonte à Mathusalem. Il a du blanc sur les tempes comme s'il avait le Groenland près des oreilles et je suis sûr que ça lui fait froid sinon il aurait pas besoin de fumer autant de cigarettes qu'il allume par le bout de celles qui finissent. La nuit il dort avec un bonnet enfoncé jusqu'aux yeux mais j'aimerais vous y voir avec le Groenland sur la tête. Ses yeux sont cernés et pas que ses yeux. Un soir on a regardé un film de gangsters à la télévision. Un type a crié : « Rendez-vous, vous êtes cernés ! » Oncle Abel s'est agrippé à son fauteuil. Le gars de la télé lui avait parlé à lui et pas au méchant du film. Après il m'a souri et c'est passé. Mon oncle il fait du bien rien qu'en décrochant son sourire et je parle pas des pièces de un franc encore tièdes piochées au fond de ses poches qu'il nous glisse en douce à moi et à Lisa. Sa mère elle lui en donne beaucoup mais c'est de l'argent plus froid que les sorbets qu'ils vendent chez Judici. Oncle Abel il a pas vraiment le sou et la seule chose argentée qu'il a sur lui c'est ses cheveux enfin ce qu'il en reste. Le matin il s'habille avec des pantalons aux poches décousues. On voit bien que c'est pas seulement ses poches qui sont décousues vu qu'il a l'air de se déchirer de partout. Les seules poches qui tiennent bon il les a sous les yeux et il appelle ça des valises. Il doit rêver de partir en voyage mais il reste là. C'est un enfant de mon âge dans un corps de bientôt soixante piges qui lui tire de partout alors pour courir au bout du monde c'est macache oualou il dit. Il a tellement de plis que faudrait le repasser.

Oncle Abel a une grosse voix et un gros accent qui roule les cailloux du Médoc où il est né. Il a le pinard facile et la parole avec. Il bégaie des histoires de bécasses et de chiens qui courent derrière et de plumes qui volent. Des fois sa voix rebondit on croirait qu'il a avalé un ballon de rugby. Il nous parle de l'époque où il était drôle et avant je pensais qu'il voulait dire rigolo. J'ai compris qu'un drôle est un enfant et quand je regarde Lisa je sais qu'un enfant c'est pas forcément drôle. Si je lui dis qu'on a toute la vie devant nous elle trouve que toute la vie c'est trop long. Elle croit aussi qu'un jour elle rattrapera mon âge et même qu'elle sera plus vieille que moi alors que je fais dans les quinze ans avec mon duvet sur la lèvre du dessus. Elle est persuadée qu'elle va me dépasser mais elle veut pas m'expliquer pourquoi alors je m'en fiche.

Oncle Abel nous raconte souvent ses souvenirs. Il se

prolonge avec des mots car il est pas sûr d'avoir toute sa vie devant lui maintenant que le Groenland l'a attrapé par les oreilles. Il lui arrive d'ouvrir les tiroirs d'une commode branlante et d'attraper la maladie de la mélancolique. S'il trouve une vieille lettre d'amour il la lit pour lui alors il chiale et c'est bon pour la mélancolique il paraît de pleurer tous ses sous. Il chiale toute la journée et même la nuit quand il repense aux « mon chéri » hors d'âge et aux « prends bien soin de toi » qu'ont pas bougé d'un poil prêts à resservir impeccables sur le premier cœur d'oncle Abel venu. Le Groenland a l'air de se réchauffer mais c'est une illusion car le lendemain l'oncle est encore plus blanc. Ces jours-là il se désoiffe un bon coup. La rougite le rate pas. Il devient un peu méchant. Pas avec nous juste avec le bon Dieu et ceux qui lui ont enlevé tante Louise. Il boit du vin et il pleure de l'eau comme s'il gardait le rouge à l'intérieur. Je dois filer au cabinet du docteur Malik pour qu'il galope le voir d'urgence avec son coup de sang.

Le docteur Malik il vient de l'Adjérie mais à Pontaillac on a presque le même soleil d'après lui alors sa tête de pruneau passe presque inaperçue sauf l'accent qu'il a dedans et le mektoub dont il parle tout le temps. Un mec que je sais pas qui c'est. Peut-être un toubib mais on l'a jamais vu. Le docteur Malik il a une moustache comme un râteau et roussie sous le nez par sa cigarette. Il se pointe souvent au dépôt car il aime les vieux livres et les cartes postales anciennes où il trouve des vues de son pays comme le pont de Constantine qui l'a fait pleurer l'autre jour. Ils avaient les yeux tout mouillés mon oncle à cause de la tante Louise et le docteur à cause du pont que je lui ai dit qu'il en existe un bien plus beau vers Marennes mais il préférait çui-là. Il aurait fallu appeler un autre docteur. J'en connais pas sauf dans la Corrèze et c'est loin.

4

Chez l'oncle y a Plouff le chien vu qu'il adore la mer et Grizzly le chat vu qu'il est gris avec la tête ronde comme un ours. Plouff est une sorte d'épagneul avec des poils longs couleur de feu et c'est pour ça qu'il aime sauter dans les vagues pour lui éteindre son incendie de naissance. Grizzly le suit jamais à la plage mais c'est bien le seul endroit. Sinon il mange dans sa gamelle et le soir il se roule pour dormir entre les pattes de Plouff. Lisa dit qu'elle a jamais vu ça mais je me demande bien ce qu'elle a déjà vu avec son regard qui a pas l'air de regarder. Plouff aime qu'on caresse le creux de son crâne dans le petit sillon tapissé de poils ras. Alors il met la langue sur le côté qui pend comme de la guimauve et il s'assoit sur son derrière en jetant des yeux autour des fois qu'un autre cabot voudrait lui voler mes caresses.

Un jour oncle Abel a récupéré Plouff tout pataud dans une panière chez des gens qui partaient dans une maison pour vieillards. Ils pouvaient pas le garder là-bas alors ils lui ont laissé gratis et comme l'oncle il sait jamais dire non et que le chien voulait pas sortir de la panière il l'a ramené chez lui. La tante Louise l'a trouvé très gentil et dans ce temps-là elle se promenait souvent à la mer avec lui. Grizzly était un peu jaloux de Plouff mais ça s'est vite arrangé quand l'oncle leur a jeté du vinaigre dessus et après ils sentaient la même odeur. Quand on a amené Grizzly à la plage il a griffé tout le monde tellement il avait la frousse. C'est un trouillard de première. Si les vrais Grizzlys le voyaient ils lui enlèveraient son appellation car il pourrit l'espèce de honte. Il a peur des gens surtout du laitier le matin du facteur à midi et de la voiture de monsieur Contini le soir avec ses chevaux lâchés quand il récupère Lisa. On dirait que Lisa aussi elle a peur et je dois la chercher partout pour lui dire que son père l'attend. Je la retrouve au sous-sol sur un lit de môme en train de caresser Grizzly qui m'envoie des éclairs avec ses yeux comme s'il avait ses griffes dans les mirettes. Il a l'air de me dire que je ferais mieux de le caresser aussi au lieu de crier après Lisa qui sait comment déclencher son moteur à ronrons. C'est toute une affaire pour qu'elle vienne. On entend la voix de monsieur Contini qui gueule après Lisa dans le jardin et à travers la maison. Plouff crie à la mort. Ça fait comme la corne de brume les soirs où la mer est dans le coton. J'essaie d'arracher Lisa à Grizzly mais elle veut terminer une histoire de Martine un *Club des cinq* ou un épisode de *Fantômette* et son père là-haut menace de plus belle. Ça finit toujours avec des pleurs. Moi je reste avec le chat et le chien qui comprennent rien aux humains. Avant de filer Lisa me regarde méchamment. Cette fois c'est elle qui a des griffes dans les yeux.

Quand j'emmène Plouff à la plage il reste peu de baigneurs. Au fond de l'horizon l'eau avale doucement le soleil comme on gobe un œuf. Plouff aboie après les mouettes et il va éteindre ses poils roux dans les vagues. Puis il gambade le long de la laisse de mer qu'on appelle ça. Une décharge abandonnée par la descendante. C'est plein d'algues et de vieilles godasses en caoutchouc. De morceaux de bois et d'os de seiches et de méduses crevées. De bouts de pneus et de verre qui coupe plus à force d'avoir été cabriolé dans les rouleaux. Y a aussi des planches avec des clous rouillés pleins de tétanos et des plumes de mouettes entortillées autour. Pontaillac est à nous. L'enseigne du casino s'allume avec ses lettres rouges sauf le « s » qui reste éteint. On dirait une bouche où il manquerait une dent. Oncle Abel vient nous retrouver et comme il est l'heure de dîner on avale une crêpe ou deux chez Judici rien que des salées pour lui et pour moi des sucrées avec de la chantilly du chocolat chaud et tout.

Après c'est vraiment la nuit alors on repasse sur la plage en enlevant nos sandales. Le sable a déjà refroidi. On regarde les lumières qui s'allument sur la mer pareilles à des bougies d'anniversaire. Oncle Abel fait l'appel : « Nauzan, Saint-Palais, Saint-Georges. Le feu de Cordouan, Le Platin, Soulac. » Je répète ces noms après lui. Ils me rentrent dans la tête. Ils s'enfoncent aussi dans mon cœur. De grosses bouées jaunes montent les vagues en danseuse. Un de ces soirs monsieur Archibouleau viendra nous chercher pour une baignade de nuit. « Tu verras, on ira les toucher » dit l'oncle pour me changer les idées. Il sait que je pense à Lisa. Monsieur Archibouleau est son meilleur ami et il l'appelle Archi. C'est un professeur en retraite avec une carrure de colosse et des muscles énormes et de petits yeux qui rigolent tout le temps sauf les jours de pluie. Il se baigne même en hiver et aussi dans la Seudre à poil à ce qu'il dit car il se prend pour un poisson. La nuit il crawle sur le dos pour voir la Grande Ourse et l'Étoile du Berger. J'aimerais bien emmener Lisa mais pour ça faudrait qu'elle apprenne à nager.

5

Avec Lisa on partage tout. Je lui donne des biscuits et des tartines beurrées saupoudrées de « cao » et des bandes dessinées que l'oncle Abel rapporte de ses tournées. Des chewing-gums à bulles et aussi des noms que j'ai appris dans l'encyclopédie des oiseaux de la Côte comme huîtrier pie ou chevalier gambette ou mésange à collier interrompu. En échange Lisa me fait cadeau de ses silences et elle est drôlement généreuse question de se taire. Le matin quand les chevaux pressés de son père ou les poneys grincheux de sa mère la déposent elle ouvre pas la bouche. Je fais comme si on se parlait et je lui raconte pas mal de trucs pour crâner. La promenade des bouées avec monsieur Archibouleau ou alors une virée au casino avec l'oncle où on a barboté tout l'oseille. Mais les histoires avec de l'argent ça l'intéresse pas. Chez elle ils nagent dedans et c'est pas le bonheur ça non.

Souvent le matin elle a pas vu un peigne. Elle a les cheveux pareils à de la paille mélangée comme on a dans la Corrèze quand le vent souffle et qu'on a laissé les foins dehors. Ils se mettent en bataille sur ses yeux qui restent cachés derrière un rideau doré. Parfois elle met sa main pour les écarter mais pas toujours alors elle reste avec sa figure sauvage et moi j'aime bien comment elle est.

L'autre jour elle disait non à tout et elle haussait les épaules comme c'est pas permis. Mon oncle y m'aurait envoyé une taloche pour la moitié de ça et mon père j'en parle pas. Il aurait dit c'est insolent et compagnie et j'aurais mieux fait connaissance avec les murs de ma chambre pendant une paire de jours. Lisa me suivait en me disant de pas lui parler et de pas la regarder. Son métier c'est d'avoir toujours l'air qu'elle s'ennuie. Ses cheveux sentaient les cigarettes blondes de madame Contini et les brunes de son mari. Je suis descendu à la petite plage du Chay la plus près de la maison de l'oncle. Ensuite viennent le Pigeonnier puis Pontaillac mais je voulais me dépêcher d'aller à la mer. Lisa marchait derrière moi. Je l'entendais souffler fort et quand je me retournais elle regardait ailleurs. Au bout d'un moment elle a fini par prononcer trois mots et elle a souri comme si elle sortait d'un tunnel. J'ai posé aucune question et j'ai fait semblant qu'on se parlait depuis le début.

« Ta mère c'est ta vraie mère ? j'ai demandé.

— Oui pourquoi ? a répondu Lisa.

— Pour rien.

— Et elle fait quoi ta petite sœur en Mongolie ? »

On a couru à l'eau à toute vitesse. Lisa a jeté ses sandales dans le sable. Je l'ai cachée derrière sa serviette pendant qu'elle enfilait son maillot. De petits osselets sortaient de sa colonne vertébrale et j'ai vu aussi une

tache de naissance dans son cou comme si c'était marqué
« fragile ». On a plus parlé de la Mongolie. Avant de plonger dans les vagues j'ai voulu savoir si elle avait déjeuné
depuis plus de trois heures. Elle m'a regardé sévèrement
et m'a répondu qu'elle avait rien mangé. Alors on s'est
jetés dans la mer sans s'éloigner du bord. Le soleil était
très haut dans le ciel. Un avion bimoteur est passé avec
une réclame qui flottait dans l'air « ce soir grande veillée
en forêt de la Palmyre ».

« Mes parents me laisseront pas y aller a dit Lisa. Le
soir ils me veulent à la maison vu qu'ils sont absents la
journée. »

Je savais bien que ça leur serait bien égal à ses parents
de nous la laisser. J'ai essayé de lui apprendre quelques
mouvements de brasse mais elle s'affolait quand son
menton prenait l'eau et qu'elle buvait la tasse. Elle avait
les yeux rouges comme si elle avait pleuré. Puis elle a
poussé un cri.

6

Des gens ont foncé là où les rochers venaient de s'effondrer. On entendait des « mon Dieu ! » des « appelez les secours ! » des « vite ! » et des « c'est affreux ! » que les bourrasques emportaient vers le large alors qu'il aurait fallu les rabattre vers l'hôpital et la police-secours car une femme était tombée avec un petit dans son ventre. Mais le vent n'en faisait qu'à sa tête et aussi le soleil qui glissait sur les vagues et m'empêchait de bien voir ce qui se passait là-bas. C'était au bord de la corniche. Un endroit où j'allais parfois décoller des chapeaux chinois avec le couteau pointu d'oncle Abel ou soulever des pierres pour dénicher des dormeurs. À force de regarder dans la direction des rochers j'y voyais plus rien tellement le soleil ricochait sur l'eau. Je suis arrivé aveugle à la corniche mais j'entendais mieux les « pauvre femme » et les « il n'y a plus rien à faire » les « écartez-vous ! » et les « éloignez les enfants ! ». Une main nous a enlevés de là moi et Lisa. C'était pas un malheur pour nous. Nos yeux avaient fini par s'habituer à la lumière toute blanche où sont venues se mêler des taches de sang pareilles à du vernis et des déchirures sous un sein le long des côtes au-dessus des hanches.

Deux bonshommes ont amené une civière avec un drap immense. Ils ont roulé la femme dedans comme une momie et il restait plus maintenant qui dépassaient que ses longs cheveux noirs comme des algues et une bosse à l'endroit du ventre et plein de silence autour car y avait plus rien à dire. Les brancardiers l'ont soulevée sans peine. J'ai pensé qu'elle devait déjà être partie au ciel et que son corps pesait pas plus lourd qu'une plume de mouette pygmée ou un cerf-volant. Un cortège a suivi tête baissée. Le vent nous sifflait aux oreilles. La mer était pareille qu'avant avec ses vagues joyeuses pour nous donner envie de jouer avec elle. Lisa pleurait derrière ses mèches. Elle reniflait doucement. Des policiers installaient des piquets là où les rochers avaient roulé. J'ai pris la main de Lisa et on a quitté ces gens. Y avait des jeux au club des Papous. Une course de sacs et une marelle géante. Des sucres d'orge à gagner. Des ballons à lâcher vers le ciel et du sable brûlant où se vautrer pour avoir des frissons partout. On est retournés à nos serviettes. Lisa a dit « j'ai faim! ». Fallait calmer cette faim. On a couru à la rencontre du marchand de mascottes à la confiiiture d'abriiiicots. Lisa a croqué dans la sienne comme si elle avait pas mangé depuis des jours. Les cristaux de sucre brillaient sur ses lèvres et en même temps elle pleurait. Je me suis demandé si les larmes devenaient sucrées à force d'avaler des mascottes. Après on est allés se baigner car c'était pas obligé d'attendre les trois heures de digestion quand on avait pris seulement un goûter et de toute façon on pourrait plus rien digérer jamais.

Des poissons se sont mis à sauter près de nous avec leurs écailles en papier d'argent qui brillaient. Ils fusaient hors de l'eau qu'on aurait dit de petits poignards et ils replongeaient aussi vite en coupant les vagues. « Des mulets ! » a crié un baigneur à côté en regrettant son épuisette. C'était magique mais c'était plus fort que nous avec Lisa on regardait toujours vers l'endroit où la femme était tombée.

« Tu crois qu'elle est morte ? » elle a demandé.

J'ai pas répondu.

« Faudra rien dire à ma mère a fait Lisa.

— Pourquoi ?

— À cause de son vertige. »

Je l'ai regardée sans rien comprendre.

« Ma mère faut jamais lui parler de la corniche. Ça lui chavire la tête et elle tombe dans le vertige. Un seul mot c'est comme si elle était là-haut en plein tournis alors elle se flanque dans l'évanouissement.

— Elle est bizarre ta mère.

— Pas du tout ! elle a protesté. C'est à cause de quand elle était petite en Adjérie là bas.

— L'Adjérie du docteur Malik ? j'ai demandé.

— Mais laisse-moi parler ! » elle s'est énervée.

J'ai plongé.

Le soleil me brûlait le cou.

En ressortant la tête j'ai dit que je comprenais toujours rien.

Lisa a haussé les épaules.

« Avant ma mère elle habitait à Oran et elle avait peur le soir quand ses parents allaient danser sur la corniche qui s'appelait Messe elle kébir. Elle pouvait pas s'empêcher de voir leur voiture décapotable tomber dans les rochers. Alors quand elle monte un escalier sur la plage ou même sur la dune du Pyla ça lui fait une impression et elle tombe.

— C'est des blagues ! j'ai dit.

— Mais non ! Parfois elle a tellement de vertige qu'elle peut même pas lever les yeux au ciel. »

J'ai replongé.

Je suis passé entre les jambes de Lisa. Elle avait de l'eau jusqu'à la taille. Les pêcheurs ont repris leur place sur la corniche près de l'endroit fermé par les policiers. Bientôt il se serait plus rien passé. Aucune femme serait tombée avec son bébé dans le ventre et le bleu de l'océan aurait bu les minuscules taches rouges. Ce serait les mêmes vagues qu'avant. Le même soleil. Peut-être qu'on serait les seuls à s'en souvenir moi et Lisa. Les seuls à voir la mort sur la mer.

7

Le lendemain on a évité Pontaillac et la corniche. Le *Sud-Ouest* a montré une photo de la morte mais c'était plus elle du tout. Elle souriait. Ses cheveux longs étaient bien peignés avec une raie en plein milieu. Elle s'appelait Jeanne Merteuil et habitait à Étaules où elle faisait la coiffeuse. Sous son portrait c'était écrit « la victime ». J'ai découpé l'article et je l'ai gardé dans le tiroir de ma table de chevet car j'avais envie de pas oublier Jeanne Merteuil. Je voulais la garder avec son sourire dans le journal au lieu de ses cheveux emmêlés et du drap blanc qui gonflait sous son ventre. J'ai pensé aux séances de coiffeur dans la Corrèze. J'aurais aimé qu'une femme comme Jeanne Merteuil me coupe les cheveux surtout quand le rasoir passe doucement dans le cou et que ça fait des frissons avec le froid de la lame.

Un matin qu'on s'ennuyait avec Lisa un monsieur s'est présenté à la porte de la maison. Oncle Abel était parti en tournée. J'ai reconnu le père Juillet avec son vélo chromé qu'il tenait contre lui. Il avait l'âge d'être déjà mort mais il se promenait en short de jeune homme avec des jambes toutes fines et un petit paquet de muscles qui lui étaient tombés comme deux boules de nerfs sur les mollets. Il avait plus un poil aux pattes. On voyait ses veines bleues pareilles à des fleuves qui se jetaient du haut des cuisses jusqu'aux chevilles et ça ressemblait à des sculptures qu'oncle Abel ramenait parfois de ses sorties.

Le père Juillet s'appelait Jean mais j'osais pas l'appeler Jeannot comme il me demandait. À cause de sa taille de géant et de son regard de bagarreur qui avait bouffé du goudron tant et plus quand il était une terreur de l'Ouest empoignant son guidon tel un cow-boy avec son Colt. Oui le meilleur sprinter qu'on avait connu sur les routes du Poitou. Pendant la guerre c'était déjà un acrobate mais dans le ciel. Il se vantait d'avoir pris cent fois l'avion sans avoir jamais atterri à cause qu'il sautait en parachute. Mon oncle Abel l'appelait « le Grand » et c'est pas seulement sa taille qui le hissait en adjectif. Le père Juillet était un monument qu'on pouvait visiter dans son magasin de cycles près du port. Fallait le voir en même temps que l'écouter lorsque au milieu des vélos et des roues suspendues de son atelier sa longue blouse d'instit enfilée de traviole et le bouton du lundi dans le trou du mardi il se mettait à raconter sa victoire sur le plancher des vaches dans le Bordeaux-Saintes 1950. « Le bitume fondait et l'eau bouillait dans les bidons tu m'entends mon p'tit gars. Et pour finir des trombes d'eau sur le vélodrome de Saintes où j'en ai fait péter un coup ! »

Alors le grand escogriffe attrapait dans le vide un

35

guidon imaginaire et mâchait son chewing-gum comme un dément. Un œil à demi fermé et l'autre bien ouvert pour vérifier que je suivais. C'est qu'il fallait s'accrocher avec le père Juillet quand il vous baladait dans les pelotons. Avec lui le vélo était une sorte de bateau. On partait en voyage avec armes et sans bagages nez au vent et tant pis si ça décrochait derrière. Dans sa roue y avait pas la place pour les feignants ! Il remplissait son bidon de breuvages explosifs où il mélangeait du cognac avec des jaunes d'œuf. Un après-midi d'été que j'étais venu acheter des rustines il m'avait emmené dans son antre. J'avais été témoin de folles histoires d'échappées et de coups de bambou racontés en photos d'autrefois.

Au moment de repartir ce fut avec un vrai maillot offert par la maison. Il était vert à bandes blanches. Des poches étaient cousues à l'arrière comme pour réfugier un bébé kangourou. Je promis que d'accord monsieur Juillet je tâcherai de devenir un coureur quand je serai grand. Le maillot grattait au cou. Malgré le cagnard je l'aurais ôté pour rien au monde.

« L'est pas là Abel ? a demandé le vieux cycliste.

— Non m'sieur. Il a rentré deux vélos hier soir si ça vous intéresse. »

Le père Juillet a déposé sa bécane contre le mur en faisant gaffe à pas râper la tresse de son guidon au torchis de la maison. Il a marché sur le dallage avec ses chaussures de coureur qui faisaient un bruit de ferraille. Je connaissais personne d'autre que lui pour se déplacer avec le dos cambré comme le toréador sur les tubes de dentifrice Émail Diamant. Les mains sur ses reins le père

Juillet ressemblait au Cordobés d'après les affiches que j'avais vues. « C'est pas jeune tout ça » a soupiré le coursier en inspectant les vélos. Il a frotté son doigt sur le tube du premier pour dégager la poussière qui cachait la marque puis il a donné des coups d'ongle dans le métal des fois que ça serait de l'alliage. À sa tête j'ai vu qu'il était surpris. « Un La Perle ! » Il a sifflé entre ses dents. « Anquetil avait le même. Ça vous dit quelque chose, Anquetil, les enfants ? » Moi et Lisa on a fait non de la tête alors il a grimacé en soufflant sur ses doigts. « La roue tourne et moi avec » il a dit tout bas. Il nous a demandé pourquoi on filait pas à la mer avec ce soleil. Sans attendre notre réponse il avait déjà enfourché sa bécane et on l'a regardé qui s'éloignait sur l'avenue le dos rond et la visière de sa casquette abaissée sur la nuque comme les coureurs du Tour de France quand ils veulent fausser compagnie à la terre entière. Lui c'était la « muerta » qu'il voulait semer. Ou la camarde ou la camarade. Je comprenais pas bien ce qu'il crachotait entre ses dents vu qu'il était déjà presque plus là.

8

Lisa était d'accord. On a descendu l'avenue de Pontaillac jusqu'à la piscine de Foncillon. On a évité la corniche car c'était encore trop frais les taches de sang. Lisa a enfilé son maillot à la maison pour pas aller dans les cabines qui sentent les pieds et la Javel. On s'est retrouvés du côté des petits. L'eau était transparente. Elle l'a goûtée pour vérifier que j'avais pas menti. Elle était bien salée mais quand Lisa a voulu nager il a fallu que je la tienne pour l'empêcher de couler. « Je croyais qu'elle portait elle a dit. — Elle porte si tu fais les bons mouvements. » J'ai traversé la piscine en largeur pour lui montrer. Lisa semblait ailleurs. Une petite ride plissait son front.

En suivant ses yeux j'ai vu sa mère qui marchait sur le trottoir avec un grand sourire et un type blond collé à son sourire. Ils allaient vers la corniche. J'ai reconnu l'homme car il se pavane souvent à Pontaillac en chapeau d'imbécile ça veut dire un bob sur la tête. On l'appelle Triangolini à cause de ses larges épaules et de ses muscles comme des nœuds de cordage qu'il fait enfler dans une salle de gym pleine d'haltères et de sacs de sable. L'été il joue les jolis cœurs en bombant la poitrine et on dirait que la mère de Lisa aime bien ses biceps. À mon tour j'ai gonflé les muscles de mes bras que j'ai bien durs moi aussi sans me vanter. Mais Lisa elle a pas ri en me voyant faire. Je lui ai dit que c'était pas forcément sa mère vu son vertige de l'Adjérie. Elle m'a demandé de m'occuper de mes oignons et que même l'Adjérie d'Oran ça me regarde pas. J'ai insisté pour lui apprendre encore la brasse. Elle a essayé sans s'appliquer. Au bout de quelques minutes elle a voulu partir.

On s'est retrouvés sur le trottoir de l'avenue. Lisa a hésité puis elle a pris la route de la corniche à la recherche de sa mère. Elle écoutait plus rien et courait à toute vitesse. J'avais peur de ce qui allait se passer. Une auto l'a klaxonnée comme elle traversait brusquement pour aller côté mer. J'ai voulu attraper son bras mais elle s'est dégagée. Je crois qu'elle pleurait. Le problème avec les filles c'est qu'elles pleurent pour un rien. Peut-être que c'était pas rien de voir sa mère avec Triangolini au bord des rochers. D'ailleurs moi aussi ça m'a fait bizarre dans le ventre mais je sais pas comment dire et puis je veux pas en parler.

Le bac pour le Verdon a donné un coup de sirène. « Je suis sûre qu'ils sont dedans ! » a crié Lisa. Elle s'est ruée vers une des longues-vues qu'ils ont mises sur la corniche mais on avait pas de pièce pour la déclencher. Alors on a continué jusqu'à la plage du Chay. Les vagues se cognaient contre les rochers. De petites vagues sèches et coupantes. Lisa s'est collée contre moi et elle s'est remise à pleurer. Elle avait mal à la main d'avoir tapé sur la longue-vue. Je lui ai dit ce qui me passait par la tête. Que Triangolini voulait seulement se promener avec sa mère. Qu'il l'avait aidée à porter un paquet lourd jusqu'à sa voiture vu qu'il était fort pareil à une grue. Elle secouait la tête sans rien dire et ses larmes finissaient par me faire fondre. J'ai embrassé son front et les cheveux blonds qu'elle avait glissés sous un bandeau. C'était doux comme le duvet de Grizzly.

Après on a plus parlé. La mer commençait à descendre. Le sable brillait on aurait cru un miroir. J'ai pris Lisa par la main. Elle m'a suivi sans réagir. Des pêcheurs torse nu plongeaient de grosses épuisettes dans l'eau avec l'espoir d'attraper un loup. D'autres piquaient devant eux de petites fourches pointues pour transpercer des soles. Entre les rochers il arrivait que certains se battent en duel avec un congre. C'était la fin de l'après-midi. On pouvait regarder le soleil sans cligner. Lisa a voulu qu'on retourne à l'embarcadère voir les bacs au retour de la pointe de Grave. J'ai dit que ça servirait à rien. Elle m'a regardé en silence. On est rentrés avenue de Pontaillac. Oncle Abel nous attendait. Il a pris Lisa par l'épaule. « Ta maman a téléphoné. Elle ne pourra pas venir te chercher ce soir et ton papa est en voyage pour la semaine. J'espère que vous avez faim car j'ai préparé un complet poisson avec pommes de terre roses tomates et tout. Lisa tu dormiras dans la chambre de Marin. J'ai installé un lit du tonnerre que j'ai ramené la semaine dernière d'une villa. Je suis sûr que tu y feras de beaux rêves ! » Cette nuit-là elle s'est blottie contre moi avec mon ours dans les bras et Grizzly sur le couvre-lit qui faisait le Chinois en fermant ses yeux bridés. Au lever du jour Plouff nous a rejoints et c'était comme si on avait nagé dans le bonheur.

9

Tôt ce matin madame Contini s'est garée devant la maison. Pour une fois elle a calmé ses poneys qui grinchaient sous le capot. Elle a sonné à la maison et elle a pas attendu pour entrer. Madame Contini avait les cheveux en bataille et un maquillage gribouillé à la va-vite sur sa bouche qu'elle faisait briller en passant sa langue dessus. Elle sentait un parfum qui donnait envie de la respirer. Elle a dit : « Je t'emmène ma chérie. On restera ensemble jusqu'à lundi! » J'ai compté sur mes doigts et comme on était mercredi ça ferait quatre longues journées sans Lisa. Je l'ai aidée à porter ses affaires dans l'auto. On s'est embrassés très vite. J'ai pas pu attraper le regard de Lisa ni voir le petit bout de langue de madame Contini. Lisa était déjà partie dans sa tête. Elle m'a soufflé tu trouves pas qu'elle est belle ma maman? J'ai fait oui à voix basse car j'avais un nœud dans la gorge comme si on m'avait serré le cou avec une corde. Lisa m'a dit que sa mère avait été Miss Pontaillac autrefois. Elle était jeune et portait un autre nom. « Miss Pontaillac » j'ai répété tout bas. Alors qu'elle remettait son moteur en marche madame Contini a baissé sa vitre pour me parler. J'entendais rien avec tous ces poneys pressés. Je me suis approché. « Tu viendras chez nous samedi si tu veux. » Samedi? L'auto avait déjà filé. Je savais pas où ils habitaient les parents de Lisa. J'ai pensé qu'oncle Abel pourrait me conduire. Samedi c'était le bout du monde. Et c'était quoi l'autre nom de madame Contini?

Oncle Abel m'a préparé un pan bagnat gros comme mes deux poings avec de l'anchois et des tomates et de l'huile d'olive dans les trous de la mie. Il a roulé le tout dans une feuille d'aluminium et je suis parti vers les plages avec mon pique-nique au fond d'une musette de toile où c'était écrit Cinzano. J'ai aussi emporté ma petite planche recourbée au bout pour prendre les vagues sur le ventre. C'était la première fois depuis l'accident de Jeanne Merteuil que je retournais à Pontaillac. La mer était tiède pourtant c'était le matin. J'ai repéré des garçons que j'avais laissés tomber depuis que je passais mes journées avec Lisa. Cyrille m'a fait signe de venir avec eux. Cyrille est un blondinet dont le père est estropié de la jambe. Il marche toujours devant comme s'il lui ouvrait le chemin et son père le suit en s'appuyant sur deux cannes en fer. Le bonhomme remue dans tous les sens avec une grimace qui lui enfonce des rides dans la figure. On entend un bruit de fer sur le trottoir et aussi le cuir de ses souliers qui grince à chaque pas et aussi son souffle lourd qu'on dirait qu'il étouffe. Quand je les croise dans la rue Cyrille regarde souvent derrière pour vérifier si son père avance bien. Ils marchent en silence sauf le bruit des cannes et du cuir qui grince et ce souffle terrible. Pendant que Cyrille se baigne à Pontaillac son père reste assis sur un banc de la corniche un chapeau sur la tête et ses cannes posées près de lui. Je me demande s'il était là le jour où la falaise s'est effondrée.

« Tu viens prendre les vagues ? » a crié Cyrille.

Je me suis laissé aspirer dans le creux d'une énorme qui gonflait au loin puis j'ai jeté ma planche en avant. La vague m'a roulé comme une crêpe. J'ai poussé le cri de Johnny Weissmuller dans Tarzan. Oncle Abel m'a dit qu'avant il était champion de natation comme le nageur Mark Spitz. Je me suis senti décoller à toute vitesse jusque sur le bord. Ma peau a frotté contre le sable et les débris de coquillage. Ça m'a fait des griffures dessus et le soir oncle Abel a rigolé. Il croyait que je m'étais battu avec une lionne. Lisa me manquait. Ça m'apprendrait à être sensible. Mon père dit que c'est une maladie mais j'y peux rien. L'autre jour j'ai demandé au docteur Malik si c'était grave d'être sensible et s'il connaissait un remède pour lutter contre. Il a répondu qu'il fallait être sensible et jamais chercher à en guérir et que lui par exemple il pouvait encore pleurer et sentir des frissons partout quand il voit le pont de Constantine. J'ai voulu savoir s'il avait le vertige quand il pensait à ce pont comme madame Contini avec la corniche d'Oran. Il a caressé sa figure un moment. « Le vertige c'est dans la tête il a répondu. Pas besoin d'être en hauteur pour le sentir. Il suffit parfois de fermer les yeux. Juste de les fermer. » Après il m'a tendu une page de journal froissée avec des olives au sel dedans car ça fait baisser la tension il paraît que et puis c'est meilleur que des bonbons il dit.

10

Un interlude a commencé comme ils ont à la télé avec des cygnes paresseux et des musiques en caramel mou. Mes parents sont arrivés à Pontaillac et j'ai un peu oublié Lisa. J'ai embrassé maman. Elle a du duvet sur les joues pareille à une petite fille. Elle est très belle même si elle se met pas du maquillage plein la figure. Elle achète son parfum à la violette au marchand de la coopérative et ses jupes en coton elle les choisit dans le fouillis de la camionnette du Diable Jaune qui passe dans les villages de la Corrèze au printemps. Mon père il a le bronzage agricole. Quand il se met en maillot de bain oncle Abel dit qu'il ressemble aux coureurs du Tour de France avec sa poitrine blanche et ses bras bronzés et sa nuque noire aussi à cause des heures passées sur le tracteur sans chapeau car sa tignasse ça suffit contre le soleil. Parfois il met une casquette et accroche une feuille de chou dans sa nuque et il ressemble encore plus à un coureur de jadis. S'il marche dans le sable mon père a le dos qui se creuse comme une rigole pour faire couler la sueur du travail. À la plage il joue avec l'oncle Abel. Je les regarde s'envoyer un ballon de rugby dur comme la pierre. Je sais pas comment ils tapent dedans pieds nus sans hurler. Je m'éloigne un peu et je m'allonge sur le sable brûlant pendant qu'ils donnent de grands coups dans le cuir. Le bruit sourd arrive avec un décalage dans mes oreilles. On dirait qu'on est pas sur le même fuseau horaire eux et moi. La mer fait demi-tour. Leur terrain s'agrandit et j'entends toujours ce cognement contre le cuir du ballon en léger différé comme ils disent à la télé quand les interludes sont finis et que le match peut démarrer.

Mon père il a arrêté d'étudier au certificat d'études où il s'était bien défendu vu qu'il a fini premier du canton alors que c'était le début de l'été et que les blés l'attendaient ferme avec une faux coupante et la pierre à débosseler qu'il mettait au fond de sa poche. Moi il m'évite la batteuse et les moissons à condition que je travaille bien à l'école pour que je devienne quelqu'un de pas comme lui il dit malgré mes muscles de petit taureau. J'aimerais bien être pareil sauf le bronzage qui ferait se moquer les gamins de Pontaillac et aussi Lisa ah ça non. Je voudrais être comme mon père quand il tape dans le ballon de rugby avec sa force d'Hercule si c'est pas malheureux de la jeter dans les champs à longueur de temps pendant que d'autres se la coulent douce dans les bureaux avec des ventilateurs et des bières fraîches. Maman aussi elle a de la résistance et il suffit de voir ses mains qui plument les poules et assomment les lapins avant de leur faire pisser le sang. Elle a des doigts si forts qu'elle pourrait plus enlever sa bague de mariée mais à quoi ça lui

46

servirait de l'enlever? Elle et mon père c'est les deux doigts de la main.

Papa m'a demandé ce que j'ai appris depuis le début des vacances à Pontaillac. On s'est assis dans le sable et j'ai récité ma leçon. J'ai commencé par la famille des crabes : les étrilles et les tourteaux et les crabes verts et les minuscules qu'on appelle porcellanes et les dormeurs avec du poil aux pinces. Après j'ai lancé quelques oiseaux de la marée basse qui viennent piocher dans les vers et dans la laisse de mer pleine de puces et d'algues. Je parle pas des bouteilles en plastique et des peignes sans dents comme des boxeurs KO car mon père serait pas content contre les gens qui font ça. Quand il vient à la mer c'est pour être détendu alors c'est pas le moment de l'embêter. Je dis : mouette pygmée et huîtrier pie et tournepierre et bernache nonnette. Je dis chevalier gambette et grand cormoran et goéland argenté. Certains noms le font bien rigoler et moi aussi comme mésange à moustache ou bouvreuil pivoine ou pipit farlouse. Après je passe à tout un tas de coquillages. Les littorines bleues jaunes rudes ou obtuses. C'est marqué comme ça sur l'encyclopédie d'oncle Abel. Les gibbules et les nasses et les pourpres petite pierre. Les buccins en colimaçon et les bulots et les amandes de mer et les clams et les praires. Je dis les palourdes roses et les clovisses de sable. Les pétoncles blancs. Je dis les corallines et je dis les tellines papillon aux reflets comme les nuages le matin quand le soleil les éclaire et les plus grosses luisantes comme des dragées que l'oncle Abel il baptise haricots de mer et même qu'on s'en fait des ventrées à la poêle avec du beurre et de l'échalote coupée au ras du pouce et un coup de vin blanc pour arroser ça. Mon père sourit. Il crie qu'il a faim. Mais j'ai pas terminé alors je continue avec les couteaux et il écoute bien car il s'y connaît en couteaux. Il a tous les Opinel. Du cure-pipe numéro 1 au géant à fendre une branche de tilleul sans compter son couteau suisse à tire-bouchon et son pointu pliant pour trancher une orange quand il navigue en plein champ sur le coup de dix heures du matin et qu'il lèche le jus contre la lame sans se couper la langue qu'il a bien pendue mais il suffirait d'un rien qu'elle soit fendue. Je dis le couteau commun mais surtout le couteau gaine et le couteau arqué et le couteau sabre qui ressemble à l'épée de Laurence d'Arabie qu'on a regardé l'autre soir avec oncle Abel. Comme mon père a de plus en plus faim je dis que les couteaux on peut éviter de les ramasser vides avec les valves détachées. Faut jeter du gros sel sur les trous ou planter une baleine de parapluie courbée au hasard dans le sable et la remonter doucement. Des pêcheurs l'ont fait un soir à Pontaillac pendant que le soleil éclaboussait de lumière les méduses rondes comme des soucoupes volantes avec leurs capsules mauves.

Maman m'écoute aussi. Hier elle a lancé à papa celui-là on a bien fait de l'appeler Marin. Je me suis serré contre elle et ça sentait bon dans ses cheveux et le sel sur sa peau comme elle s'était baignée longtemps à Pontaillac. Je lui ai dit qu'il fallait pas aller vers les rochers car l'autre jour un bloc est tombé dans la mer avec une maman dessus et son bébé qui naîtra jamais. Elle a promis de nager au milieu de la plage le long du collier

48

de bouées que monsieur Archibouleau m'emmènera toucher une nuit bientôt pour voir les lumières du casino danser sur l'eau. « Pourquoi vous m'avez baptisé Marin ? j'ai demandé. — Ton père rêvait d'océan, de grands voyages, d'îles au bout du monde a répondu maman. Mais il a dû se contenter de vingt-deux hectares recouverts de cailloux ! » Papa a corrigé avec ses sourcils pareils aux accents circonflexes qu'on met sur huître. Il a dit : « Vingt-deux hectares, dix-sept ares et neuf arpents » donnant à son territoire une étendue bien plus considérable. Maman a pouffé et moi j'ai caressé sa joue pleine de duvet pareille aux pêches de vigne qu'on ramasse en automne.

11

Le père Juillet est venu me chercher un après-midi. J'avais encore du chocolat dans mon bol et des moustaches de cacao. Mes parents étaient repartis la veille au soir pour couper tout le colza de la Corrèze. Oncle Abel avait repris ses tournées du côté de Vaux-sur-Mer. J'étais pas allé avec lui car ils mentent sur les panneaux. À Vaux y a que Vaux et pas la mer alors que disons à Saint-Palais-sur-Mer on voit bien l'eau jusqu'au phare de Cordouan et plus loin encore. Le père Juillet m'a dit « je t'emmène à Ronce-les-Bains » et là j'ai hésité à cause de Ronce. Il a juré que là-bas y a pas de ronces pour s'écorcher les cuisses mais qu'en revanche on peut prendre de belles vagues et manger des gaufres croquantes avec le même chocolat que j'ai autour de la bouche ou avec du sucre glace qui laisse une poudre légère sur la langue. On est partis par Pontaillac avec la rampe qui monte vers Saint-Palais juste après. Le père Juillet m'avait préparé un bidon d'eau où il a versé de l'antésite. J'ai passé mon maillot vert avec sa bande blanche et dans les poches cousues au dos j'ai glissé un abricot à la peau éclatée comme mes genoux après les récrés.

On a roulé tranquille jusqu'à la piste qui traverse la Grande Côte et la forêt de la Coubre là où ça ressemble au Pacifique d'après oncle Abel. Il en parle plus maintenant. C'était du temps où ils étaient jeunes avec tante Louise et qu'ils dégonflaient les pneus de la Deux-Pattes pour traverser la piste de sable fin et descendre jusqu'à l'eau bleue qui faisait un lagon du calendrier des postes. On a passé Saint-Palais et Nauzan et le Platin. J'ai reconnu les rochers mystérieux surtout la nuit mais qui le jour ont l'air sans danger comme le Pont du Diable ou le Puits de l'Auture. On a enfilé le sentier côtier dans l'ombre de grands arbres que le père Juillet appelle des yeuses. Le vent sifflait dans les feuillages. Quand on arrêtait de pédaler nos roues libres jouaient une musique d'abeilles qui chassent le miel. Avant Ronce-les-Bains il a fallu grimper des bosses et en descendre d'autres comme sur un grand huit géant. La route accrochait. Ça râpait autant que la langue de Grizzly quand il me lèche les doigts. Je me suis mis en danseuse. Ma roue avant zigzaguait sur le goudron chaud. Un camion chargé de bottes de foin nous a croisés à toute vitesse et j'ai pris un coup de vent dans la figure qui m'a laissé sur place dans un tourbillon de paille. Je me suis mis à espérer le panneau de Ronce-les-Bains à la sortie de chaque virage mais c'était encore la même route en papier de verre et les montées en tape-cul comme répétait le père Juillet qui faisait mine de se régaler. « On arrive au bout ! » il a crié soudain et il avait raison car j'ai vu une plage aussi grande que le Sahara avec des vagues pareilles à des montagnes. Il transpirait beaucoup. Les gouttes de sueur suivaient le chemin de ses rides avant de tomber sur sa poitrine où une broussaille de poils blancs sortait de la fermeture Éclair ouverte de son maillot. Il a dit qu'il fallait profiter de ces moments et que c'était bon d'être en vie comme ça un jour d'été. J'ai pas trop écouté. Il a déposé nos vélos sous un pin parasol et m'a suivi des yeux pendant que je sautais à l'avant des vagues. De retour à la serviette j'ai attrapé de grosses pignes de pin à moitié cachées dans le sable et j'ai commencé à récolter les pignons en écrasant leur coque avec un caillou. J'ai revu la tante Louise quand elle préparait le thé à la menthe avec des pignons qui flottaient dessus et ça m'a mis un coup de penser à une morte qui vivait dans ma tête avec une odeur de menthe et de thé brûlant.

Après on est allés près d'une caravane où une grosse dame avec des seins comme des melons rouge-gorge cuisait des gaufres. On était pas pressés d'être servis à cause des lolos de la dame qui roulaient sous sa blouse ouverte. Il faisait la canicule dans son engin rapport au soleil et aux appareils qui chauffaient la pâte à crêpes et aussi nos gaufres et j'en passe. Le père Juillet a pris sucre glace et moi chocolat avec pour chacun une petite bouteille d'Orangina. J'ai déchiré le papier de la paille avec mes dents et j'ai soufflé pour qu'il s'envole. Le vieux cycliste a fait la même chose et on a ri car à ce moment-là il était tombé dans les onze ou douze ans. Quand on est rentrés chez oncle Abel le père Juillet avait repris toutes ses années sur sa figure et aussi dans son dos. Il faisait de drôles de grimaces et se tenait les reins avec ses doigts écartés qu'on aurait dit deux araignées de mer. Moi j'ai couru comme un fou vers le portillon ouvert du jardin. Lisa était revenue.

12

J'ai retrouvé Lisa et surtout le silence de Lisa avec son air de bouder en regardant ailleurs. Elle était assise sur une marche de l'escalier en bois dans l'ombre du bananier. Je lui ai demandé pourquoi elle était déjà là alors que madame Contini avait dit seulement lundi. Elle a haussé les épaules qui m'ont paru toutes maigres avec des creux au-dessous que mon oncle Abel appelle des salières. Après elle s'est levée en tapotant ses fesses pour enlever le sable de sa petite culotte et elle m'a répondu justement que je m'occupe de mes fesses. Je voulais savoir si c'était bien ces jours avec sa mère. Elle a fini par dire qu'avec sa mère c'était jamais bien et elle s'est mise à tousser comme on tousse dans l'hiver. Le soir oncle Abel nous a emmenés manger un dessert chez Tartes aux prunes à Saint-Georges-de-Didonne où habite le docteur Malik. « La vue est si belle à Didonne que l'envie de mourir vous donne » il récite car c'est un docteur avec le souffle au cœur de la poésie. On a avalé plein de parts en regardant la mer. Les battements de la mer.

Plouff mendiait des petits morceaux de pâte la truffe en l'air et le regard très malheureux. « Il raffole du trottoir » a rigolé oncle Abel en lui lançant le rebord de sa tarte. Plouff l'a avalé tout rond et a repris son air de chien battu avec des couinements si aigus qu'on a pas pu résister moi et Lisa et on a aussi sacrifié nos trottoirs avec du fruit et de la confiture dessus. J'ai fini par savoir que les parents de Lisa étaient partis en Suisse. Son père pour des opérations avec une banque et sa mère pour une opération sur son nez ou sur ses seins. Lisa savait plus car elle s'est toujours mélangée dans les opérations et de toute façon elle s'en fichait pas mal. J'ai pensé que madame Contini reviendrait peut-être avec des nichons comme la marchande de gaufres de Ronce-les-Bains et là ce serait du tonnerre pour moi et pour le père Juillet. On aurait plus besoin d'aller si loin pour admirer ce beau spectacle.

En rentrant du restaurant on s'est arrêtés à la fête de nuit qu'ils font l'été à Royan. On a joué aux autos tamponneuses. Lisa poussait des cris de peur. Après on a couru sur la plage entre les tentes rayées. Plouff nous suivait en aboyant. On s'est déchaussés. Des ombres marchaient dans le noir. Un point rouge s'allumait ici ou là. Quelqu'un fumait une cigarette. La flamme d'un briquet brillait et plus loin encore à peine plus gros le feu clignotant de Soulac. La mer palpitait dans l'invisible. Oncle Abel nous a appelés devant l'étal en marbre du confiseur Tamisier qui fabriquait ses sucres d'orge. Mes yeux se sont collés à cette pâte épaisse que le bonhomme étirait comme un boa avant de la suspendre à un crochet en attendant qu'elle dégouline. Il prenait tout son temps. Lisa et moi on bavait devant même si nos estomacs étaient déjà remplis de tarte aux prunes. On est remontés à pied par la corniche. Plouff aboyait de plus belle en voyant les vagues éclater contre les rochers. Des pêcheurs avaient planté leurs longues cannes dans le sable et on entendait des bruits de clochettes ou le sifflement des plombs dans l'air quand il s'agissait de relancer les appâts. En passant devant Foncillon j'ai vu trembler sous la lune l'eau de la piscine. Un nageur faisait des longueurs très doucement. Il avait la nuit entière devant lui. Je me suis retourné vers Lisa et j'ai promis que dès le lendemain je lui apprendrais à nager la brasse avec une planchette en liège et des flotteurs orange qui viendraient enguirlander ses bras. On est rentrés à la maison. Plouff avait relevé très haut les babines. On voyait ses dents au milieu de l'obscurité comme s'il souriait. Il ressemblait à sa photo du salon chez oncle Abel avec des plumes de caille dans la gueule un jour de chasse. J'ai cherché Grizzly partout mais y a pas eu moyen de le trouver comme chaque fois qu'on le laisse longtemps tout seul. Oncle Abel l'a soup-çonné d'avoir une autre maison ailleurs et ça nous a contrariés d'imaginer que quelqu'un d'autre pouvait caresser Grizzly. « Un chat ça se partage pas avec des étrangers » elle a dit Lisa.

On est allés dormir dans ma chambre. Une forte odeur de tabac s'accrochait aux cheveux de Lisa. Je lui ai raconté une histoire de Tarzan avec Jane et Cheeta en imitant le cri de Tarzan. Je lui ai dit que d'après oncle Abel c'est Tarzan ou en vrai Johnny Weissmuller qui a inventé une nage appelée crawl où on vole sur l'eau. J'ai lancé un dernier cri de Tarzan sans trop y croire car j'ai entendu les ronflements de l'oncle dans son Groenland et le souffle de Lisa aussi régulier que le tic-tac de l'horloge du salon. Au milieu de la nuit une coulée d'eau tiède s'est échappée de mon oreille. Un petit filet d'océan.

Le matin au réveil Lisa s'est remise à tousser. Je lui ai apporté un verre d'eau.

« C'est la cigarette elle a dit quand elle a fini de boire.

— Quelle cigarette ?

— Hier maman m'en a fait allumer un stock. Je sais pas ce qu'elle avait. Ça voulait pas s'arrêter.

— Mais tu fumes alors ? »

Elle a levé les yeux au ciel.

« Bien sûr que non !

— Tes cheveux sentaient le tabac hier quand on s'est couchés.

— J'allume les cigarettes de maman et c'est tout. J'ai le droit avec son briquet doré. J'adore la petite flamme et le bruit du gaz qui siffle.

— C'est bien ce que je disais. Tu fumes !

— Juste pour démarrer la cigarette je te dis. Après je la donne à ma mère. Hier un paquet entier y est passé et le début d'un autre.

— Et c'est toi qui as tout allumé ? »

Elle a fait oui en baissant la tête.

« Ta mère elle le sait que t'auras du goudron sur les poumons ?

— Pas en allumant des cigarettes ! elle s'est défendue.

— Tu le fais souvent ? »

Cette fois elle a rien répondu même avec la tête.

Je l'ai laissée tranquille. Je suis allé lui chercher un autre verre d'eau puis on s'est habillés sans parler des cigarettes. J'ai dit que pour apprendre à nager valait mieux pas tousser. On a pris un petit déjeuner avec des céréales et des pains au chocolat qu'avait achetés oncle Abel. Après on a marché jusqu'à la piscine de Foncillon. Elle était essoufflée quand on est arrivés.

13

C'est bien simple Lisa j'ai dit en répétant ce que j'avais entendu dans la bouche de Rudy le plus gentil des maîtres nageurs avec sa cicatrice sur le biceps comme les chevrons de la vieille Citroën de mon père. Oncle Abel qui aime les mots précis m'a appris que ces deux « v » ouverts et penchés sont des chevrons et aussi que sa boule de muscle qui remonte dans son cou s'appelle une chigne. C'est bien simple Lisa. Nager la brasse c'est rester un Terrien. On continue de respirer normalement et de regarder devant avec la tête hors de l'eau. Tu dois pas t'affoler puisque t'es tranquille allongée à remuer les bras et puis les jambes à la manière d'une grenouille. Comme elle avait pas envie de rigoler la comparaison avec la grenouille l'a contrariée. Je l'ai vu aux deux petits plis de furiosité sur son front. Mais l'eau était bonne et on avait la piscine pour nous. Il était encore tôt. Les maîtres nageurs avaient pas enlevé leurs tee-shirts blancs ni leurs tongs qu'ils faisaient claquer sur les rebords du bassin.

Derrière ses lunettes de soleil Rudy nous suivait d'un œil. Je lui avais vendu la mèche que je voulais apprendre à nager à Lisa. Lisa le trouve beau avec ses poils blonds sur ses jambes bronzées et ses cheveux blonds aussi. Rudy m'a donné quelques trucs. Lui tenir le menton au-dessus de l'eau et avoir une main sous son ventre. Parler doucement. J'osais pas trop pour la main sous le ventre mais Lisa a voulu sinon elle coulait. Après on a continué avec la planchette en liège et les flotteurs aux bras. Elle a essayé de mettre la tête sous l'eau et c'était bon signe. D'habitude elle se dégelait vite quand elle venait à la maison mais cette fois il avait fallu la soirée puis mes cris de Tarzan et la nuit entière et le début de la matinée pour que j'entende à nouveau sa voix devenir légère comme une bulle.

J'ai compté neuf traversées du bassin en longueur et six en largeur. De temps en temps on sortait de l'eau. On s'allongeait sur les dalles chaudes autour de la piscine. Pas longtemps car Rudy nous aspergeait le dos ou nous chatouillait avec une perche. Lisa a fait des progrès. Elle avait moins peur de se lancer là où elle avait encore pied. Je plongeais pour vérifier qu'elle trichait pas en s'appuyant sur le fond. Elle a pas triché. Elle m'a demandé si d'après moi elle saurait bientôt nager. J'ai répondu « bien sûr » alors elle m'a embrassé. Comme je lui souriais elle a fini par lâcher : « Mon père et ma mère ils pensent que je suis même pas cap'de nager toute seule. De faire du sous-l'eau et de plonger du trois mètres là-haut. » Je lui ai promis que d'ici la fin de l'été ce serait fastoche pour elle. Elle a répété « fastoche » puis elle a voulu nager encore.

Rudy m'a expliqué que pour aller plus vite faut essayer la brasse dauphin en ondulant du derrière et en plongeant la tête sous l'eau avant de tendre les bras et de leur donner la forme d'un cœur à l'envers. J'ai dit oui mais j'ai pensé que c'était trop tôt pour demander à Lisa de bloquer son souffle en nageant comme les poissons. J'ai gardé pour moi l'image du cœur si jamais j'écrivais à Lisa une lettre d'amour mais je devrais me jeter à l'eau et dans la Corrèze personne m'a appris à nager dans cette eau-là. C'était pas le moment de flancher. J'ai respiré un coup et je me suis promis de demander au docteur Malik si ça fait mal quand on est amoureux et sensible en même temps. J'ai toujours les chocottes d'attraper une maladie grave comme des tumeurs à la tête quand j'ai la migraine. La prochaine fois j'attendrai que le docteur Malik me regarde avec ses yeux pleins de soleil et je lui demanderai si l'amour est une maladie qui s'attrape à mon âge.

14

Certains jours avec Lisa on fait les anges gardiens d'un monsieur qui va clamser. Il sourit tout le temps mais il a juste la bouche qui marche avec la langue dedans car le reste c'est un mur et d'ailleurs il a la maladie de l'homme de pierre elle dit sa femme. Avant il était dentiste mais il était surtout peintre de marine et il nous raconte ça en montrant du menton les tableaux dans son salon. Ils ont déménagé ici le mois dernier et sa femme a pas encore trouvé de garde-malade alors quand elle doit sortir elle nous demande si on peut monter parler avec lui. Ça dure jamais plus d'une heure. Elle revient avec un *Pif Gadget* pour nous et aussi des petits coureurs en fer spécialement pour moi car elle m'a déjà vu sur mon demi-course avec le maillot du père Juillet. Elle a demandé si des fois on avait d'autres copains qui tiendraient compagnie à son mari mais nous on a dit non. On préfère venir quand elle a besoin. Ça nous intéresse ses histoires de bateaux qui remontent la Garonne ou qui passent le cap Horn. Avec Lisa on a un secret alors on prend nos informations chez monsieur Maxence c'est son nom. Il dit que de la pointe de Grave on peut partir vers l'Afrique et ça nous fait rêver les palmiers et les cocotiers et les ananas énormes alors que nous on en mange seulement par petits morceaux dans les glaces de chez Judici ou dans les yaourts aux fruits de la marque Loti. On rêve pareil pour les noix de coco au blanc doux comme de la crème à l'intérieur il paraît. On pense à des plages de sable encore plus fin qu'à Pontaillac ou Saint-Palais. Si fin dit monsieur Maxence qu'on croirait de la poudre d'or quand il coule sur la peau des Africaines.

Le matin on fait la lecture du *Sud-Ouest* à haute voix. C'est surtout moi qui lis vu que je vais entrer en troisième et j'ai l'habitude des mots difficiles. La femme de monsieur Maxence lui coupe d'abord sa barbe au rasoir électrique car sinon avec le bourdonnement près des oreilles il entend rien et ça l'agace. Il reste toujours des touffes de poils dans son cou ou sur ses joues que le rasoir va pas chercher. Monsieur Maxence il se laisse pas trop faire et il est impatient qu'on commence à éplucher le journal. Sa femme elle fait pas attention à ses râleries. Elle lui tapote les joues avec de l'eau de toilette à la rose de Damas c'est écrit sur le flacon posé au milieu de la table de nuit. Elle lui donne des petites claques avec ses mains pleines d'amour silencieux et là monsieur Maxence il dit plus rien. Ça sent bon. Quand c'est fini Lisa lit le programme de la télévision et moi la rubrique « Mouvements dans les ports de La Rochelle et du Verdon ». « Qu'est-ce qu'ils racontent ? » demande monsieur Maxence. Je dis : « *Jupiter* arrivée mardi avec bois exotiques okoumé santal et palissandre. *Toutatis* arrivée mercredi avec fioul lourd. *Yamoussoukro* arrivée mercredi avec cacao en fèves et cabosses et beurre de karité. — Cao ! rigole Lisa en écho. — *Alcibiade* même jour avec du kaolin.» Parfois monsieur Maxence m'interrompt : « Celui-là je l'ai peint en 67 dans le port de San Pedro. Un vraquier magnifique...» Je continue mais je vois bien qu'il est encore à San Pedro alors je demande à Lisa de retenir ce nom pour le jour où on prendra la mer moi et elle c'est ça notre secret. Oncle Abel il râle quand je dis moi d'abord mais j'oublie toujours de corriger et puis je me mets devant pour protéger Lisa. Je lis encore. « *Fidji* arrivée jeudi au môle d'Escales de La Rochelle. Repart jeudi en huit avec blé tendre et malt et orge de brasserie direction Hongkong et Okinawa. *Juarez* à quai depuis l'hiver. Repart dimanche pour Cap-Vert puis Recife avec cuirs et peaux.» Le soir monsieur Maxence aime aussi qu'on lui mette la météo marine. Nous on y comprend pas grand-chose mais ça nous plaît d'entendre tous ces mots et on se dit avec Lisa qu'ils nous serviront quand on mettra les voiles. On est bien décidés surtout quand Lisa elle en a assez de son père et de sa mère et de Triangolini et même de boire des tasses à Foncillon mais surtout de sa mère qui la laisse chez oncle Abel le soir. « Un jour ils me verront plus et ce sera tant mieux » elle dit. Moi je suis content qu'elle reste et du coup j'en veux pas trop à madame Contini de l'oublier.

En fin de journée on écoute sans un bruit comme en classe quand la voix du speaker dit d'un trait : « Avis de grand frais en mer d'Iroise, coup de vent sur Golfe de Gascogne, mer agitée à forte, mer belle, mer calme. »

C'est normal qu'il aime entendre ça monsieur Maxence depuis qu'il est devenu comme un bateau échoué. Des fois on est tristes pour lui même s'il sourit. Aujourd'hui le gadget de *Pif* qu'a rapporté sa femme est une fusée à fabriquer tout seul car ils ont mis les explications dedans avec les plans et aussi un tube de colle arrondi qui ressemble en plus petit à une bouteille de pirate comme dans *Tintin et le trésor de Rackham le Rouge.* On est contents d'avoir eu ça on sait jamais ce qui peut arriver en pleine mer vers l'Afrique. Les étoiles sont pas pareilles qu'ici. On est rentrés chez oncle Abel sans perdre de temps et on a essayé de la monter. Je me suis énervé sur un morceau du fuselage qui voulait pas s'emboîter. J'avais de la colle plein les doigts et les pièces se sont mélangées. J'ai préféré dire à Lisa qu'après tout ça servait à rien une fusée pour aller en Afrique. Elle a été d'accord. C'était déjà le soir. On a enfilé nos maillots et on a couru jusqu'à la plage du pigeonnier. L'eau était encore loin. On en a profité pour ramasser des coquillages. Lisa choisissait les troués. Elle voulait fabriquer des colliers. Le sable sur ses épaules bronzées faisait de la poussière d'or et j'ai pensé aux Africaines dont parlait monsieur Maxence. On s'est baignés jusque tard sur le bord dans les creux remplis par la mer. Comme nous le soleil avait pas envie de se coucher. C'était bien.

15

Hier matin Lisa elle disait rien de rien. Je l'ai emmenée dans la pièce du bas où oncle Abel vide son fourgon. J'ai mis entre ses mains un petit accordéon qui s'appelle concertina en espérant l'amuser. Elle l'a serré doucement. Une drôle de musique s'est échappée on aurait dit un gros soupir fatigué. Je crois qu'y avait beaucoup plus d'air dans le concertina que dans les poumons de Lisa. J'aurais juré qu'elle étouffait ou qu'elle s'était arrêtée de respirer. Elle a étiré le petit accordéon puis elle l'a serré encore de toutes ses forces. Une musique est sortie un peu moins essoufflée que le premier coup. Je l'ai encouragée à continuer. Elle disait toujours rien mais elle reprenait des couleurs au fur et à mesure. J'aurais bien aimé lui faire du bouche-à-bouche comme on voit dans les films. Depuis je crois qu'il se passe un truc de magie entre Lisa et le concertina. Pas étonnant qu'il vienne d'un cirque. Lisa se remet à respirer quand elle entend sa musique. Le concertina c'est son ballon d'oxygène. L'autre jour oncle Abel a débarrassé le grenier d'un vieux clown qui veut plus rigoler. Il a cédé ses nez rouges et ses godasses comme des péniches et aussi le petit accordéon qui donne du souffle à Lisa.

Tout à l'heure la voiture aux poneys a déposé Lisa en prévenant avec son klaxon. Quand je suis descendu au jardin madame Contini était déjà repartie. J'aurais aimé qu'elle m'embrasse avec ses lèvres luisantes. Lisa avait eu le droit de se maquiller. Elle avait du rouge sur les joues et sur sa bouche qui ressemblait à une cerise. Le tour de ses yeux était noir. C'était Lisa mais c'était plus vraiment elle. Plus je la regardais et plus je la cherchais. Elle m'a demandé si je voulais sa photo alors j'ai pas insisté. C'est à ce moment que je lui ai mis le concertina entre les mains et elle est redevenue vivante. Maintenant on joue à se poursuivre autour du bananier. Le vent courbe les palmes. On saute dans les taches de lumière en attendant le moment d'aller à l'eau.

Depuis qu'elle a vu Nadia Comaneci aux jeux Olympiques Lisa essaie de faire la roue. Elle a l'air de bouder comme la petite Roumaine. Mon oncle Abel dit qu'ils sont pas heureux en Roumanie et je serais pas étonné si Lisa elle venait de là-bas. À la télévision elle a remarqué que la championne de gymnastique avait une tresse tenue par une cordelette. Elle a demandé à sa mère de la coiffer pareil. Madame Contini elle avait pas le temps. On l'attendait pour une partie au Garden Tennis. Tu comprends ma chérie elle lui a répondu en rangeant ses balles moussues dans une boîte et en passant une jupette blanche et en arrangeant ses cheveux en chignon avec des épingles. Le chignon c'était indispensable pour bien jouer comme la tresse c'était essentiel pour devenir Nadia Comaneci. Lisa m'a demandé si je savais faire une tresse et j'ai vu son regard pareil à un couteau quand j'ai dit non. Faudrait que j'apprenne sur une poupée mais je suis pas sûr qu'un garçon doit savoir faire des tresses. En voyant comment Lisa me fixait avec plein de déception j'ai compris les inconvénients d'avoir treize ans et pas une sœur à l'horizon pour s'entraîner aux tresses. Ses larmes ont coulé sur son maquillage et le noir de ses yeux s'est mélangé avec le rouge de ses joues. Je l'ai emmenée à la salle de bains d'oncle Abel et je lui ai débarbouillé la figure avec un gant. Je crois pas qu'elle pleurait à cause de la tresse. Peut-être qu'elle aurait voulu aller avec sa mère au Garden au lieu d'envoyer une musique triste dans le concertina d'un clown qui rigole plus.

« C'est loin le Garden ?

— Pas trop j'ai répondu. À vélo ça va vite.

— Alors go ! » a dit Lisa.

On a descendu l'avenue de Pontaillac en roulant sur les trottoirs quand il passait trop de voitures. J'ai pas prévenu oncle Abel car ce matin il voulait dormir. Hier c'était samedi et le samedi il se met en robe de chambre à partir de l'après-midi. Il reste au salon devant la télé et même quand on crève de chaud il allume des bûches dans la cheminée. « Moi j'aime quand ça flamme ! » il s'excite tout seul. Il se couche tôt pour s'entraîner à mourir mais comme il dit ça en rigolant je me bile pas.

Le portail du Garden était ouvert. C'était plein de

joueurs sur les terrains en terre battue. Certains avaient
dû tomber car on voyait des marques rouges sur leurs
shorts ou leurs tee-shirts comme s'ils avaient écrasé des
framboises. On a cherché sur tous les courts avec Lisa.
On allait repartir quand j'ai entendu rire sur un banc
entre deux haies de tamarin. Triangolini serrait contre lui
la mère de Lisa. Il avait défait son chignon d'une main
et avec l'autre il la chatouillait façon de parler. Lisa elle
a pas vu car je l'ai poussée vers ailleurs. Après on a couru
à la plage et on s'est jetés dans le sable à l'ombre des
tentes rayées comme le papier bonbon des caramels
Batna. Lisa a voulu que je la regarde. Elle a enchaîné les
roues dans le sable. « Quelle note tu me mettrais par
rapport à Comaneci qui a toujours 10 ? » J'ai donné 9,9
pour lui faire plaisir mais ses gestes volaient trop bas et
elle devrait encore beaucoup s'entraîner pour devenir LA
Comaneci. « J'ai des grosses jambes » s'est plainte Lisa.
Je lui ai dit qu'elle risquait rien car ses guiboles sont à peine
plus épaisses que des baguettes de tambour. On est allés
se baigner et elle a pas dit un mot sur sa mère et Triangolini. Moi je pensais qu'à ça surtout aux cuisses bien
écartées de madame Contini pour laisser passer la main
de Triangolini. On a rejoint le marchand de mascottes.
La confiture d'abricots a effacé sur la bouche de Lisa ce
qui restait de rouge à lèvres et le soleil a fait briller les
cristaux de sucre qui se sont collés à la place. J'ai retrouvé
la vraie Lisa avec ses yeux bleus comme deux gouttes
d'océan et aussi une force très mystérieuse qui me sou-
levait du sol. Ça faisait une vague à l'intérieur de moi.
Une vague de Pontaillac lâchée comme une bête sau-

vage et qui bondissait dans mon ventre. Faudra que je demande au docteur Malik d'où vient cette maladie et si c'est possible d'en guérir et si c'est normal d'avoir des vagues dans le ventre même à marée basse.

16

J'ai prévenu Lisa. Pour partir en Afrique on doit savoir très bien nager. La brasse si on est pas pressés mais aussi le crawl comme Mark Spitz pour aller plus vite et même le dos crawlé la nuit pour suivre les étoiles. Lisa me dit qu'elle veut pas s'échapper à la nage et elle a raison. C'est au cas où on tomberait du bateau ou s'il faisait naufrage à cause d'un rocher ou de pirates. Ce jour-là en quittant Pontaillac on a rencontré monsieur Archibouleau qui rentrait de sa baignade avec les biscoteaux gonflés. Il nous a dit les enfants faut que je vous montre mon car-relet. Lisa elle a pas le droit de suivre les inconnus mais je lui ai dit que je connais bien monsieur Archibouleau car il est ami d'oncle Abel et qu'ensemble ils pêchent des soles épaisses comme nos deux mains collées avec des piques pointues et qu'ils boivent souvent du vin d'oubli c'est son nom quand le soleil a lâché prise et qu'ils sont bien tranquilles au frais sur le plancher du carrelet après avoir nagé dans la nuit entre les bouées. Parfois j'ai droit à un peu d'eau rougie et quand ils boivent du café mort avec plein de dépôt au fond de la tasse oncle Abel me permet de tremper un sucre jusqu'à ce qu'il devienne noir. Ils préparent aussi du thé à la menthe vu que monsieur Archibouleau il se promène aussi le jour dans la campagne et il ramasse rien que des plantes sauvages. Du fenouil et de l'aneth et aussi de la menthe qu'il jette par poignées dans une grande théière avec une tonne de sucre.

Son carrelet est une cabane sur pilotis comme on en voit dans les livres d'images sur l'Afrique sauf qu'il est installé près des hauts rochers de Nauzan. Il a un grand filet carré perché devant qu'il abaisse et qu'il remonte avec un treuil grinçant. Sur le côté il a suspendu deux filets plus petits avec des boules en verre et une balance pour les crevettes avec un fil de fer qui transperce une tête de poisson car les crevettes elles aiment bien charogner les gueules de bars. La nuit il met ça à l'eau et quand il remonte la balance on voit des tas d'yeux brillants qui sautent partout. Les crevettes gourmandes essaient de replonger à la flotte mais c'est trop tard. Monsieur Archibouleau est là avec son seau et ses larges mains.

Du plancher de son carrelet on voit le phare de Cordouan et aussi l'embarcadère pour la pointe de Grave. J'encourage Lisa à repérer l'endroit pour le jour où on filera vers l'Afrique. À l'intérieur monsieur Archibouleau a mis des boîtes de conserve et des romans policiers avec des filles aux seins nus sur la couverture. Et aussi des horaires des marées jusqu'en l'an 2000 et une petite bouteille bleue de butagaz. Il a suspendu un hamac en toile à deux crochets. Au mur il a punaisé des photos d'un inconnu. On voit un militaire en uniforme qui marche sur une plage. C'est peut-être monsieur Archibouleau quand il était jeune et si c'est lui alors il a raison quand il dit que le temps passe vite.

« Viendras-tu avec moi aux bouées ? m'a demandé le colosse.

— J'aimerais venir avec Lisa mais elle sait pas encore nager » j'ai répondu.

Monsieur Archibouleau a examiné Lisa.

« Alors elle grimpera sur mon dos avec des boudins aux bras si ses parents veulent bien.

— Je leur en parlerai » a dit Lisa d'une petite voix.

Je connais cette voix. C'est celle de Lisa quand on va ensemble chez les commerçants du quartier. Une voix si faible qu'on l'entend à peine. Lisa dit bonjour et personne lui répond alors elle boude mais faut les comprendre les grandes personnes vu qu'elles ont rien entendu. De toute façon elles trouvent que les bonjours d'enfant comptent pour du beurre alors pourquoi se fatiguer à répondre.

Monsieur Archibouleau a mis un filet à l'eau. Nous on regarde comment il attrape les poissons devant le soleil. Souvent il remonte le treuil pour rien. Cette année il attrape des méduses et aussi des algues qu'il rejette vers le fond en râlant. Au moment où on s'y attend plus on voit un bar sauter comme s'il faisait du trampoline au club des Papous sauf qu'il va finir dans la poêle en complet poisson avec des patates en robe de chambre et des herbes ramassées par monsieur Archibouleau. Avec aussi du thym et du laurier et de l'huile d'olive et du citron. Sa tête bien fraîche viendra en remplacer une autre toute desséchée dans le fil de fer qui traverse la balance aux crevettes. Monsieur Archibouleau a encouragé Lisa à choisir un joli bar pour manger ce soir ou demain. « Celui-là il présente pas ! il a protesté comme elle agrippait un minus. Prends-en un plus gros. Ça au moins ça présente il a dit quand elle a soulevé à deux mains une belle bestiole. Tu demanderas à ta maman de le cuisiner » a insisté monsieur Archibouleau. Lisa a remercié avec une voix encore plus timide que tout à l'heure. On est partis joyeux avec notre poisson enfin surtout moi car Lisa elle disait rien. « Vaut mieux que je te le laisse elle a fini par marmonner. Ma mère pestera qu'il pue et il va finir à la poubelle. » Oncle Abel l'a cuit aussitôt. On s'est régalés en pensant à monsieur Archibouleau. Lisa avait peur d'aller nager aux bouées accrochée à ses épaules à cause de tous ses poils dans le dos et aussi à cause des vagues et de la mer la nuit. Oncle Abel lui a offert une figurine de cirque qu'il avait gardée de chez le vieux clown pour la consoler. Sa mère viendrait pas la chercher avant la fin de la semaine. Elle avait un autre voyage à Bordeaux cette fois. Le personnage était une acrobate avec une tresse. Lisa l'a aussitôt appelé Nadia et elle s'est mise à sourire pendant qu'une larme débordait pardessus sa tristesse. Dans ma tête je me suis mis à fabriquer des mots comme on fabrique des châteaux de cubes et comme ça en ajoutant tresse et tristesse j'ai trouvé tristresse. Un mot rigolo qui donne envie de pleurer.

17

Le lendemain il faisait brûlant. On est partis très tôt à la plage. Comme d'habitude Lisa a pas décroché un mot vaillant. Elle m'a suivi avec sa serviette sous le bras et de drôles de pensées enroulées dans sa tête que j'aurais bien voulu connaître. En me retournant je voyais nos ombres qui se touchaient. Mais en vrai Lisa gardait ses distances. Un bloc de silence nous séparait. On est descendus vers le Chay puis on a longé les rochers vers le Pigeonnier. La mer était encore calme. Des voiliers partaient pour une belle journée au large. Il m'a semblé voir le sourire de Lisa sur sa figure comme si on allait la prendre en photo. Ça m'étonnait ce sourire pour rien qui me fixait dans les yeux.

Et tout à coup avec le même sourire elle a crié : « Sauve-moi ! »

Puis elle a sauté dans l'eau transparente.

Sans même ôter mes sandales en caoutchouc j'ai plongé là où son corps avait laissé de l'écume. Elle tombait comme une pierre. Heureusement la mer était peu profonde à cet endroit et il m'a suffi d'accrocher son bras après avoir donné un bon coup de pied dans le sable pour la remonter à la surface.

« Sauve-moi ! » elle a crié encore.

Il restait quelques mètres pour atteindre les rochers mais elle pesait des tonnes. Les vagues nous ont ramenés doucement. Les yeux fermés Lisa me répétait de la sauver. J'ai accroché ses mains aux barreaux d'une échelle incrustée dans la pierre. Elle a repris sa respiration.

« T'es dingue Lisa !

— Je savais bien que tu me repêcherais.

— Fais plus jamais ça ! j'ai explosé. Plus jamais ! »

Sa figure était blanche. Personne avait vu ce qui venait d'arriver. Je suis passé devant à l'échelle et je lui ai tendu la main pour l'aider à grimper. On est restés un moment sur les rochers le soleil dans les yeux. Elle a plus rien dit. J'ai repris mon souffle. Encore une fois j'ai senti une vague monter dans moi. On aurait dit que j'avais avalé la mer en entier et qu'elle tanguait au milieu de mes tripes. C'était peut-être ça le vague à l'âme dont il parle oncle Abel des fois. On a laissé sa serviette couler. Lisa avait sauté avec et c'était elle ou la serviette.

Au bout d'un moment Lisa a parlé de son père. Qu'il battait sa mère. Il pouvait pas s'en empêcher car sa mère elle le cherchait tout le temps.

« Un soir je suis arrivée à la maison elle avait une joue rouge et enflée. Ils criaient des choses mais quand ils ont vu que j'étais là ils ont arrêté. Ma mère s'est servi un verre de vin blanc et mon père a dit : "C'est ça continue !"

Et puis ils se sont mis à parler en anglais pour que je comprenne rien. »

Lisa est retombée dans le silence. Puis elle a demandé : « Une jetée c'est fait pour se jeter ? »

18

Madame Contini est revenue un lundi. Avec Lisa on escaladait les rochers de Pontaillac. Oncle Abel avait dit l'endroit où on jouait. Par la portière de son auto elle a crié « ma chérie sois prudente ! ». Lisa a fait mine de rien entendre et elle m'a entraîné encore plus loin pendant que sa mère nous braillait de revenir. Madame Contini a laissé ses poneys grincheux mais elle avançait pas trop rapport à son vertige. « Faut pas faire ça » j'ai dit à Lisa. Elle m'a demandé si je pouvais venir dans sa maison et rester avec elle toute la journée. J'étais d'accord et quand on est enfin revenus madame Contini a répondu « si vous voulez les enfants ». Elle nous a embrassés l'un après l'autre. En me serrant aux épaules elle a roucoulé que j'étais fort pour mon âge alors j'ai rougi en racontant les bottes de paille au bout de ma fourche dans la Corrèze. Lisa m'a fait les gros yeux. J'avais bien besoin de me vanter ! « Au bout de ta fourche ? » s'extasiait madame Contini avec des yeux encore plus gros que Lisa. On s'est serrés à l'arrière. Lisa s'est moquée car j'avais du rouge à lèvres de sa mère sur les joues elle m'a dit. Madame Contini portait une jupette aussi courte que pour le tennis mais bleu ciel cette fois et des chaussures à lanières de cuir qui tenaient par un grand nœud le long de ses chevilles. Ses jambes étaient lisses et dorées. Sa peau brillait on aurait cru du caramel et ses genoux des petits macarons au café comme ils vendent chez Judici. Elle sentait bon un parfum de vanille qui voyageait dans la voiture malgré les vitres ouvertes. De temps en temps je voyais le regard de madame Contini dans le rétroviseur et quand je lui souriais elle me demandait « ça va Trésor ? ». Ce mot me donnait la chair de poule vu que personne m'a jamais appelé Trésor même pas ma mère je le jure.

On est arrivés devant une villa en haut d'une colline. Un énorme sapin étalait son ombre au milieu du jardin. La terre c'était du sable. Madame Contini a mis de la musique. Une sorte de jazz qu'on entend parfois dans les films pendant que les gens se trémoussent doucement. Elle a étalé des serviettes sur sa terrasse et elle a mis un chapeau de paille sur sa tête. Puis elle a ôté sa jupe et je l'ai vue toute nue dans le soleil avec deux petits seins qui sautillaient et une fourrure rousse entre ses cuisses pareille aux poils sur les oreilles de Plouff ou à la queue d'un écureuil mais sans l'écureuil. Lisa m'a tiré vers sa chambre. Elle voulait pas que je voie sa mère comme ça avec son triangle de femme. Mon cœur faisait le pois sauteur du Mexique. Madame Contini a appelé : « Venez mes trésors ! » J'ai dit à Lisa « vas-y toi » mais elle m'a pris la main et on est entrés ensemble sur la terrasse. Sa mère était allongée sur le ventre. Ses fesses étaient plus grosses que le soleil. Je dis pas ça pour critiquer vu qu'elles étaient des splendeurs mais le soleil était très loin et c'était impossible de voir autre chose que ses fesses aussi bronzées que son dos pour la raison qu'elle devait passer sa vie toute nue l'été. « Lequel des deux m'apportera de la citronnade ? J'en ai laissé hier soir au frigo. Servez-vous aussi. »

Au mur de la cuisine dans un cadre étincelant de lumière s'étalait la photo de Miss Pontaillac 1964 avec de longs cheveux blonds et un sourire décoré de dents blanches. J'ai voulu dire « c'est qui ? » mais ça se voyait que c'était madame Contini en plein dans sa jeunesse et c'était fou ce que Lisa lui ressemblait. « Regarde pas ! » s'est énervée Lisa. J'avais du mal à me décoller du sourire et du reste. La chemise transparente et les longues cuisses bronzées et les lèvres bien dessinées. En bas à droite c'était écrit « Félix photographe, Royan ». On a soulevé le pichet avec des pulpes qui nageaient au bord et attrapé des longs verres Esso avec Minnie et Pluto collés dessus en décalcomanies. C'est moi qui ai donné son verre à madame Contini car elle a demandé à Lisa de retourner chercher des glaçons. Je me suis retrouvé devant ses jolis seins et son air coquin de Miss Pontaillac alors mon cœur s'est remis à battre en mexicain et je suis parti rejoindre Lisa. Ça cognait de gros coups sourds dans ma poitrine et aussi contre mes tempes. Ma quique avait gonflé. J'avais la trouille des fois qu'elle serait restée comme ça tout le temps et que Lisa ou sa mère s'en serait aperçue. « Reviens Trésor. Tu n'as pas fini ta citronnade ! » a insisté madame Contini. Lisa s'était assise dans un fauteuil du salon devant un damier en bois.

On a joué deux ou trois parties puis j'ai filé avec la quique toujours enflée qu'avait attrapé les oreillons. Je voulais pas que sa mère me raccompagne en auto. J'ai dit que je connaissais le chemin. C'était pas vrai mais mon palpitant cognait vraiment trop fort et je bandais pareil que Plouff parfois quand oncle Abel dit qu'il bande comme un Turc. En descendant l'escalier j'ai vu une photo de journal encadrée avec madame Contini qui souriait. Elle était jeune et c'était écrit « Agnès Bariteau, Miss Pontaillac 1964 ». Je suis resté en arrêt quelques secondes mais Lisa m'a poussé dans le dos en disant « allez ouste ». Elle est venue avec moi jusqu'au carre-four et après c'était facile de suivre la descente jusqu'à Pontaillac. Tous les deux on savait pas quoi se dire. Elle avait les mêmes yeux que madame Contini ou plutôt que cette Agnès Bariteau et le même sourire aussi mais là elle souriait pas. Elle a déposé un baiser sur ma joue et je suis parti comme un voleur en pensant follement à des endroits précis de Miss Pontaillac. Je mourais de peur et je mou-rais d'envie en tout cas je mourais. De loin j'ai cru entendre la voix d'Agnès Bariteau devenue madame Contini qui demandait Lisa ma belle allume-moi une blonde. Une petite voix obéissante lui répondait « oui maman ».

19

Le jardin d'oncle Abel c'est la jungle de Tarzan. Derrière le bananier un portillon en bois donne sur le potager qu'il a baptisé d'un nom vu qu'il passe plein de temps avec lui surtout le matin tôt pour bêcher et le soir après sa tournée pour arroser. Alors il préfère dire « je vais voir Roger le potager » ça lui fait comme une compagnie il croit. C'est vrai qu'il parle tout seul là-dedans. Enfin c'est pas vraiment tout seul parce que les tomates écarlates les grosses courgettes les citrouilles et la menthe panachée aux feuilles vert foncé au milieu et clair au bord tout ça c'est Roger le potager. Derrière Roger donc commence une sorte de jungle avec un petit écriteau en ardoise piqué devant chaque plante où c'est écrit à la craie aussi bien que sur des tableaux d'école : bambou sarriette ciboulette coriandre héliotrope jasmin laurier thym symphorine ou canne à sucre. On voit aussi des rangées de carottes et des repousses de salade. Des légumes oubliés et des fleurs au hasard. Et encore des feuilles veloutées qu'on appelle des oreilles d'ours et qui font comme une peluche quand on les caresse. Un citronnier porte coincé dans ses branches un jerrican ouvert où tombe l'eau de pluie. Oncle Abel a vissé un tuyau de caoutchouc et une pomme d'arrosoir pour la douche. En contrebas se dresse un petit phare blanc au bout rouge qui clignote une lumière pâle jour et nuit pour signaler aux bateaux perdus la passe rocheuse. Grâce aux écriteaux je suis devenu fortiche en noms de plantes et ça vaut mieux car si oncle Abel me crie « Marin va cueillir un peu d'aneth ! » j'ai pas intérêt à lui rapporter de la sauge ou alors il rentre en pétard en me demandant à quoi ça sert tout ce qu'il m'a appris et si des fois je sais lire. Au printemps je monte dans le cerisier. Oncle Abel dit de faire attention car les branches cassent comme du verre et une poignée de cerises ça vaut pas une jambe dans le plâtre.

Tout à l'heure je suis venu ici en rentrant de chez madame Contini. L'oncle était au milieu de ses salades. Il m'a appelé devant le fraisier et il a cueilli une grosse fraise aussi rouge que ses tomates puis il m'a dit ferme les yeux et ouvre la bouche. J'ai senti sur ma langue la fraise molle et tiède comme si sa main l'avait réchauffée mais c'était le soleil qui donnait cette chaleur. Le soleil du soir qui brûlait pas. Je me suis demandé si c'était aussi doux que la fraise de caresser les seins de madame Contini ou sa fourrure d'écureuil. J'ai eu un frisson en rouvrant les yeux. Oncle Abel a voulu savoir si tout allait bien et j'ai fait oui avec la tête. Il était encore temps d'aller se baigner. Je suis parti vers le Pigeonnier avec ma planchette de surf en bois. Des pêcheurs avaient planté leurs cannes au bord de l'eau. J'essayais de repérer le fil de nylon pour pas me prendre dans l'hameçon. Un gars m'a crié que ça risquait rien. Avec une pelle il creusait profond dans le sable mouillé et ramenait des vers gros comme le doigt qui lui servaient d'appâts. Je suis sorti de l'eau et je me suis mis à chercher des coquillages percés pour faire un collier à Lisa en ramassant surtout les espèces roses ou bleues. Vers six heures une ombre s'est approchée de moi. Je l'ai vue qui grandissait. J'ai relevé les yeux et c'était Lisa. Madame Contini l'avait ramenée chez l'oncle Abel car elle avait une soirée. Lisa elle a rien dit d'autre et la journée s'est finie comme elle avait commencé dans le silence de Lisa. Je lui ai demandé si elle voulait jouer du concertina. Elle préférait rester sur la plage et que je l'enterre sous le sable. J'avais pas envie de l'enterrer. On s'est acheté deux mascottes à la confiture qui dépérissaient au fond d'une panière en osier. Le marchand était content c'était ses dernières et on a payé les deux le prix d'une. Lisa était d'accord pour aller aux bouées sur le dos de monsieur Archibouleau ou accrochée à ses pieds ça lui était égal. On aurait cru qu'elle se fichait même de se noyer alors je l'ai serrée contre moi en ayant peur de bander encore comme Plouff quand il fait le Turc mais coup de chance ma quique est restée comme une nouille. C'était seulement Agnès Bariteau qui me donnait les oreillons de la quique.

Oncle Abel passait avec son fourgon. On a couru jusqu'à la route. Il nous a emmenés chez Judici car il voulait pas faire le gourmand tout seul. Il a dit aussi qu'il aimait bien nous voir avec des moustaches au chocolat.

Lisa a fait une roulade dans le sable puis elle a rebondi sur ses jambes pareil que Nadia Comaneci quand elle vole sur la poutre. On a choisi que les choses sucrées de la carte. Des crêpes avec des montagnes de chantilly et des gaufres et des glaces puis de grands verres d'eau pour faire couler. Sur les murs de la salle une affiche disait « cherchons jeunes filles pour l'élection de Miss Pontaillac ». J'ai failli demander quelque chose mais finalement je suis rentré dans mon silence qui en pensait pas moins. Les lettres rouges du casino se sont allumées sauf le « s ». De loin on a aperçu le docteur Malik qui portait un bel habit clair de la tête aux pieds bien que sa tête était toujours noire de son bronzage natal de Constantine. J'aurais voulu courir vers lui pour savoir si c'était normal de gonfler comme ça devant les seins si petits et la fourrure de madame Contini mais le casino c'est pas une salle de docteur même si oncle Abel dit que là-dedans ils sont tous malades.

20

« Mon neveu est un artisse ! Un Artisse ! » a répété oncle Abel et moi je suis devenu rouge comme les pommes d'Api de la fête car il tient dans ses mains un cahier où j'ai griffonné quelques dessins. Il a pas reconnu madame Contini mais sûrement une femme avec des nichons plus gros que nature et des poils partout où il faut et aussi un bonhomme en pleine forme. Le père Juillet a été pris à témoin que je suis un mauvais artisse mais un petit obsédé qu'il va falloir calmer vitement. « C'est du sans queue ni tête a dit le vieux gars pour m'excuser. — Sans tête j'veux bien a détoné l'oncle en brandissant mon chef-d'œuvre mais sans queue vous r'passerez. » Le père Juillet était venu fureter dans le bric-à-brac de l'oncle pour récupérer des selles en cuir comme y a parfois sur les biclous d'avant-guerre. « Elles font mal au derrière mais une fois qu'on les a faites à ses fesses c'est doux pareil à du velours » il a dit. Oncle Abel a répondu que c'était pas la peine de parler de fesses devant moi. J'y pensais bien assez comme ça. Ils sont allés à l'atelier où ça pullule de vélos et de tondeuses cabossées qui coupent encore si on aime pas le gazon trop ras. Oncle Abel m'a promis qu'il dirait rien à mes parents ni à Lisa alors je respire mieux. Le père Juillet m'a regardé. Il était fier que je m'intéresse. « Faut bien qu'il s'intéresse le gamin et costaud comme il est » il a dit. Il a pas précisé à quoi je devais m'intéresser mais j'ai compris que c'était pas aux plantes du potager vu qu'il avait son sourire penché et un œil à moitié fermé. L'oncle a confisqué le cahier. Je crois qu'il va le brûler avec les mauvaises herbes dans le bidon de mazout au fond du jardin.

Lisa est partie tôt ce matin. Son père est venu la chercher. Il me plaît pas son père. Il a toujours ses lunettes de soleil même quand il fait pas soleil et du coup je vois jamais où il regarde. De toute façon il me dit pas bonjour. Il parle seulement à oncle Abel. Lisa il lui crie dessus viens ici dépêche toi qu'est-ce que t'attends allez ouste. Il a une collec de mots plus secs que les mollets du père Juillet. Lisa est allée dans l'auto de course sans broncher. Elle m'a envoyé un signe de la main et comme les vitres de la voiture sont fumées de tous les côtés j'ai plus rien vu quand elle a démarré. J'ai senti un creux au ventre mais pas le même que si elle était restée près de moi. J'ai eu peur d'avoir attrapé la maladie du vertige. Comme ça m'inquiétait je suis allé à la salle d'attente du docteur Malik. C'était bourré de monde alors j'ai contemplé les photos accrochées au mur. Des paysages de désert. Des mulets sur des chemins de cailloux. Une mer bleue et plate et un fennec et des jarres d'huile comme dans Astérix. Des mains de femmes avec des étoiles brunes peintes à l'intérieur. Quand le docteur m'a aperçu il a pas eu l'air surpris. Il a dit un mot à une dame puis il m'a fait entrer. Sur son bureau il avait un petit bouquet de fleurs blanches serrées les unes contre les autres. « C'est du jasmin. Il est réveillé quand toutes les fleurs dorment. » J'ai reconnu un parfum de chez Roger le potager. « Tu as raison Marin. C'est même Abel qui m'en a fait cadeau. » Le docteur Malik m'a fixé avec ses yeux fardés de gazelle.

C'était presque midi et on brûlait. Il a mis en route un ventilateur aux hélices en fil de fer. « Ça aussi c'est un cadeau de ton oncle » il a dit en tendant son cou près de l'air battu en neige. Il m'a demandé ce qui m'arrivait alors j'ai vidé mon sac à blablas en parlant des creux au ventre et de la maladie de l'amour et de ma quique qui gonfle quand je vois une femme toute nue. Là il a froncé les sourcils et il a voulu savoir si je voyais souvent des femmes nues. J'ai dit seulement une fois. « Tout va bien a conclu le docteur Malik en abaissant ses grosses paupières. Ce qui arrive c'est que tu grandis. Les adultes ne voient jamais les petits grandir, surtout leurs enfants. Moi je sais qu'un enfant ça aime très fort, ça déteste très fort. Pas de compromis ! Pas de demi-mesure ! C'est tout ou rien, à la vie à la mort, pas vrai ? » J'ai fait oui de la tête. « Alors c'est normal que tu aies mal au crâne ou au ventre et que ça te démange par ici. » Il a montré ma quique. « Tu n'es pas comme les grandes personnes qui trichent avec leur cœur. » J'ai demandé si mon cœur était en danger. Il a souri et m'a dit que non et que je devais continuer à vivre avec mes maux de ventre et mon mât de cocagne qui grossit comme un Turc ça j'ai compris.

21

Ça nous a fait une impression dans la soirée quand on est entrés dans la chambre de monsieur Maxence car sous ses yeux bleus s'étalait une cravate bleue pareil.

« Vous partez en voyage ? j'ai demandé inquiet qu'il fiche le camp avant de nous avoir confié ses secrets.

— Non les enfants. J'avais envie de m'habiller en dimanche même si on est mardi. »

Une cravate c'est sacré il a raconté. Faut jamais la laver la repasser et surtout pas la repasser à cause que ça l'écrase comme une savate et après c'est foutu les fibres et toute la gaufre du tissu. « Pas le fer malheureux ! » il a dit mais j'avais pas l'intention de lui aplatir sa cravate. « Au pressing ils savent pas s'y prendre » a continué monsieur Maxence. On pouvait pas en placer une. « Et à la machine c'est bien simple ça les tue garanti sur facture. Marin il a dit en me regardant dans les yeux en signe d'importance. Marin si tu as une cravate qui tirebouchonne faut l'accrocher dare-dare et elle se détend c'est épatant comme elle se défroisse toute seule c'est étudié pour.

Elle retrouve sa forme na-tu-rel-le-ment et si tu fais une tache d'œuf ou quoi attends que ça sèche puis tu grattes avec la lame d'un couteau tu vois ? »

On était loin de la météo marine. J'entendais parler de gouttes d'eau qui glissent sur les cravates comme sur les plumes d'un canard colvert et à propos de col une cravate ça se plie pas ça se roule tu te souviendras mon garçon quand tu accrocheras ta première ? Tu penseras aux conseils de monsieur Maxence ? J'ai répondu oui et après il m'a indiqué la radio. Il était l'heure du golfe de Gascogne et des vents démontés. À la fin du flash il dormait sa cravate déroulée comme une langue de mer sur un continent englouti. Quelques poils oubliés près de ses oreilles et sur son menton lui donnaient l'allure d'un vieux pirate.

22

Certains jours oncle Abel il a le Groenland partout sur la figure tellement il est pâle jusque dans ses yeux et Lisa elle porte la Roumanie sur sa figure aussi vu qu'elle est fermée de long en large comme une poutre. Ces jours-là c'est pas drôle car oncle Abel il veut plus rien faire. Pas nous emmener au minigolf et pas débarrasser son fourgon où le passé finit par moisir. Il est tout vieux tellement il est tout seul. Il reste en robe de chambre et à force de s'entraîner à mourir j'ai peur qu'il réussisse un bon coup. Il est tellement la tête en l'air qu'il serait cap de se fausser compagnie. Depuis le temps qu'il est sans la tante Louise ça lui a cassé les phrases avec les mots qui vont dedans. Et quand on a plus les mots on est mort un peu.

L'oncle il passe des heures devant la Formule 1. Ça l'hypnotise ces bagnoles qui déboulent comme des bombes on sait même pas qui est dedans si c'est Jacky Ickx ou Jackie Stewart ou Emerson Fittipaldi ou un pilote de Lotus ou un as du volant français. Avant oncle Abel il jurait que par Jim Clark et par François Cevert mais ils se sont tués à trois cents à l'heure alors... Oncle Abel lui il se tuera très doucement à petit feu enfin il dit ça. Je souffle à Lisa qu'on devrait aller se baigner et qu'elle pourra imiter Nadia Comaneci sur la plage mais elle hausse les épaules en ruminant que j'y connais rien à la gymnastique. Elle dit qu'il faut des tapis de sol et pas du sable pour réussir des figures olympiques avec les félicitations du jury et l'hymne national. Ces jours-là elle reste avec Grizzly qui s'allonge sur elle dans un canapé du dépôt au milieu des encyclopédies des miroirs tachés et des cartes postales anciennes. Le chat allume sa pompe à ronrons et Lisa rêve les yeux à demi fermés devant un manège de chevaux de bois miniatures qui expédie un air joyeux en tournant.

Oncle Abel il en finit pas de rapporter des antiqueries comme cette cigogne en argent perchée sur une boîte à cigarettes. J'ai mis des tiges en chocolat et c'est rigolo de voir l'oiseau les chiper avec son bec. L'oncle a aussi déniché une danseuse en tutu dans une boîte à musique laquée. Il suffit de soulever le couvercle pour que la ballerine déboule sur ses pointes. Lisa remonte en même temps les clés du manège et de la danseuse. Les deux musiques se mélangent mais c'est pas grave. Je suis déjà loin sur la corniche de Pontaillac à râler après le Groenland et la Roumanie réunis.

Sur un banc après le casino quand on remonte vers Bois-Soleil je vois souvent un vieux qui prend le chaud avec sa peau pareille à de la terre cuite en regardant l'été passer. Il a un tee-shirt rayé comme une toile de tente et une casquette de marin pour couvrir son crâne lisse qu'on dirait une boule de croquet. Il parle dans sa barbe et quand il croise quelqu'un que tous ses mots intéressent alors il les répète plus fort dans le vent salé. Moi il m'a attrapé pendant que je marchais la tête à l'envers. Il a embauché la conversation en me disant de regarder plutôt vers la mer. Un yacht brillait. Il m'a tendu des petites jumelles pareilles que ma tante en avait quand ils allaient avec oncle Abel au grand théâtre de Bordeaux. Je sais pas ce qu'elles sont devenues. Je me suis assis un moment près de lui. Il parlait des Alliés qui avaient détruit Royan ça fait encore plus longtemps que l'époque où ma tante traînait oncle Abel au théâtre. Il parlait des villas comme la belle devant nous qui s'appelait Isoline. C'en était plein autrefois avec de la jeunesse partout sur la Côte d'Argent. Et même des vedettes de cinéma puisqu'il a dit des noms du passé. Madame Darrieux et aussi madame Printemps. Je savais pas qu'on pouvait porter le nom du printemps. Les Amerloques ils ont tout fait sauter. C'était une erreur ces bombes il paraît que. Une saloperie. Ce qui est sûr dit aussi le vieux c'est que les Boches aut'fois ils jetaient des grenades dans la mer pour pêcher les poissons ventre à l'air.

Il m'a demandé où j'allais comme ça. J'ai répondu jusqu'au puits de l'Auture. « Regarde bien au large petit il a conseillé. Parfois on voit des bancs de marsouins. » Après il s'est mis à réciter un poème alors j'ai filé vers Bois-Soleil sans rencontrer un seul marsouin. Sur la plage de Nauzan ils ont ouvert un chantier de voiliers avec des Dragons et des Requins en bois vernis. J'ai pensé que c'était de sacrés bateaux pour se tailler jusqu'en Afrique au moins.

À mon retour oncle Abel avait une éclaircie sur la figure et du coup il avait installé une fête au jardin. Lisa s'était déguisée en Gitane. Elle a dit que monsieur Archibouleau allait venir aussi. Ils avaient posé une grande planche sur des tréteaux et une nappe bleu ciel en papier retenue par des briques roses comme des dominos géants. Monsieur Archibouleau a apporté des éperlans qu'oncle Abel a cuisinés avec du caviar de Gironde. J'ai eu la permission de goûter un fond de pineau. Lisa a trempé ses lèvres dans mon verre. Elle a laissé une marque rouge car elle s'était maquillée. La marque a séché sur le bord. J'ai évité de boire dessus pour pas effacer la trace qui dessinait un quartier de clémentine ou l'ondulé d'un petit coquillage. J'aurais aimé garder le verre comme ça et jamais plus le laver. Mais oncle Abel aurait pas voulu. Il aurait été capable d'en parler au docteur Malik. « Il a bien le temps de tomber amoureux se serait lamenté l'oncle. — Le temps ne nous appartient pas. C'est Dieu qui décide. Inch Allah » aurait philisophié le docteur.

Vers dix heures du soir monsieur Archibouleau a proposé une baignade aux bouées qui ressemblaient à de grosses têtes de Carnaval sur la mer. Lisa était d'accord à condition qu'on l'accroche bien et pour être accrochée sûr qu'elle l'a été. Pendant la traversée elle est restée la tête en l'air sur le dos du colosse qui m'avait demandé de le tenir par les pieds pour qu'on se lâche pas. Oncle Abel nageait à côté de nous et c'était comme si on avait franchi la mer avec Johnny Weissmuller. On reprenait notre respiration à chaque bouée jaune. La lune flottait sur l'eau. Tout à coup des lumières ont fusé dans le ciel. On avait oublié que c'était 14 juillet. Des gens dansaient sur la plage devant le casino. La mer était calme. On pouvait entendre la musique que ça faisait là-bas. L'accordéon et les trompettes et aussi les mêmes tambourins qu'on a pour la fête des écoles. On est revenus vers le bord. On avait laissé nos serviettes devant le club des Papous qui dormait dans le noir. Lisa grelottait pourtant il faisait pas froid. Nos ombres étaient très grandes sous la lune. Les feux d'artifice éclairaient nos visages de toutes les couleurs. Plus personne a rien dit. Monsieur Archibouleau se frictionnait le dos et oncle Abel regardait dans le vide vers les danseurs. Ça devait lui rappeler des souvenirs car il ressemblait à un clown blanc sans sourire ou aux ours polaires du zoo de la Palmyre.

Au retour chez oncle Abel on a pris une douche sous le citronnier moi et Lisa. L'eau tiède coulait du jerrican comme les chutes qu'on voit dans Tarzan. J'ai aidé Lisa à enlever le sable qu'elle avait partout même si elle a gardé son maillot. Après on s'est essuyés dans la même serviette en éponge avec un gorille dessus. La figure de Lisa débordait de grosses gouttes on aurait dit qu'elle s'éclatait dans les sanglots. J'ai vérifié qu'elle pleurait pas alors ça m'a rassuré. Elle a voulu qu'on dorme ensemble. Elle avait eu un peu peur dans l'eau la nuit et elle avait la trouille de faire des cauchemars. J'ai respiré l'odeur de ses cheveux qui sentaient le sel et le shampoing à la pêche. Elle s'est endormie roulée contre moi pareille à Grizzly quand il se met en boule entre les pattes de Plouff. Plusieurs fois dans la nuit j'ai cru serrer Miss Pontaillac.

23

Ce matin on a pris la *Sirène-des-mers* près du ponton aux yachts et on a foncé vers le phare de Cordouan. Le bateau a stoppé son moteur à la sortie du port pour attacher derrière lui un zodiac Zeppelin avec de gros boudins car à travers le haut-parleur le capitaine a prévenu qu'on allait accoster les pieds dans l'eau. Oncle Abel s'est assis sur une bouée canard. Il avait ses hémorroïdes et ça le soulageait de s'asseoir dessus mais pas la tête du canard qui gonflait à vue d'œil comme si elle avait reçu un gnon de Cassius Clay. Il a dit qu'un trop plein de vin blanc hier soir lui avait donné le rhume du derrière et monsieur Archibouleau avec. Nous on était déjà couchés quand le docteur Malik les avait rejoints pour vider quelques bouteilles. Ils avaient chialé comme des oueds tellement ils riaient avec leur vin gai dans les veines et copains comme cochons vu que le docteur Malik il fait pas le musulman.

La *Sirène* nous a emmenés loin de Royan. Nos plages rétrécissaient au lavage de la mer. Surtout le Pigeonnier dans son creux de falaise. On a gardé plus longtemps le casino dans les yeux comme un gâteau tout blanc. On a reconnu les manèges. La conche de Suzac et l'église Notre-Dame du Béton il l'appelle oncle Abel qui est mécréant du cœur. Très haut brillaient les vitrines de Tarte aux prunes sur la pointe de Saint-Georges. On a aussitôt pensé à la pâte feuilletée qu'ils font là-bas et aux fruits cuits saupoudrés de sucre. Vers la barrière de houle le bateau a piqué du nez dans les vagues. Lisa elle s'est collée à moi. Une dame a dit que c'était les courants de la Grande Côte qui se cognaient avec les courants de l'estuaire. J'ai trouvé ça épatant les courants. Ils nous ont bien rapprochés moi et Lisa.

Dans un panier en paille oncle Abel avait emporté des galettes sablées qui sentaient le beurre et l'angélique. « Ça creuse vite l'air de la mer » il a crié dans le vent en me voyant détortiller le petit fil de fer rouge qui fermait le paquet. C'est qu'on pensait encore à Tarte aux prunes et aux traînées de sucre glace sur les fruits et au jus qui coule. Les courants faisaient rebondir l'oncle sur sa bouée canard qui menaçait d'éclater alors on s'est cachés dans nos serviettes pour rigoler. On cuisait mais le vent nous rafraîchissait. « Une petite brise d'ouest » a dit la dame qui était au courant des courants. Elle avait un petit garçon posé sur les genoux son bob enfoncé jusqu'aux yeux. « Regarde Nauzan où on va se baigner d'habitude » elle a soufflé. Le petit lorgnait surtout nos galettes et les morceaux d'angélique. Lisa lui en a donné une qu'il a engloutie sans un merci.

Les mouettes flottaient sur le vent en lançant des cris

aigus. « Goéland riant beau temps ! » s'est réjoui la dame. Le ciel était bleu pâle et les minuscules nuages qui se décalquaient dessus ressemblaient à des morceaux d'île flottante ou de barbe à papa. Je pensais encore à manger. On a jeté l'ancre près d'un banc de sable découvert comme le dos d'un cachalot géant. Au bout avait poussé le phare de Cordouan et oncle Abel a dit fièrement que c'était le Versailles de la mer. Le capitaine nous a donné quatre heures avant de revenir au drapeau bleu qu'il planterait dans le sable. Puis le zodiac a chargé des passagers sur les boudins. On est passés dans les premiers avec Lisa. L'oncle a fait des grimaces. Il pouvait plus s'asseoir sur sa bouée canard. Dans le phare se trouvait une chapelle avec des cierges qui brûlaient partout et en haut une ampoule plus grande que nous dans une lanterne pour envoyer des lumières dans la nuit. On est redescendus jouer dans les flaques entre les rochers. On a soulevé des pierres chevelues d'algues des fois qu'on aurait surpris de gros dormeurs avec leurs pinces comme les bras de l'haltérophile Alexeiev. On a seulement trouvé des moules et aussi des bigorneaux guignettes.

La plage s'était agrandie avec la marée basse. On a voulu se baigner mais Lisa a marché sur une chose molle alors elle a sursauté en criant. Oncle Abel était encore au phare. Ça l'intéressait de savoir comment le Roi-Soleil avait tenté d'éclairer les côtes de France avec du blanc de baleine et des mèches à l'huile de colza. Des grandes personnes ont accouru et une femme a lancé « c'est une raie pastenague ! ». En approchant un bonhomme a conclu que c'était une torpille en robe grise tachetée de points orange. « Attention ! il a crié. Elle a des piles à la place des muscles ! » La raie torpille avait soulevé ses yeux comme les phares de la voiture de sport du père de Lisa. Elle tournait à toute allure dans le fond d'eau qui restait entre les rochers. On aurait cru une danseuse du ventre d'après ce que j'en connais dans les racontars du docteur Malik de l'époque où il était à Constantine dans l'Adjérie là-bas. Parfois le docteur Malik il imite la danse du ventre surtout quand il a bu un petit verre de blanc de la cave d'oncle Abel sa chapelle Sixtine il l'appelle. Il la préfère de loin à Notre-Dame du Béton vu que même à la messe c'est pas du bon vin il paraît que. Moi je savais pas que la danse du ventre faisait comme une raie ou une torpille tigrée. Je pensais à ça quand une dame a dit qu'elle serait bonne avec du beurre blanc ou du vinaigre et des câpres. Alors Lisa a attrapé le poisson par la queue et l'a lancé vers les vagues de l'autre côté des rochers. Elle a reçu un court-jus dans la main et elle a trouvé ça injuste de prendre une châtaigne elle qui voulait sauver la raie. Les grandes personnes sont parties en pestant que c'était du gâchis. Quand oncle Abel est revenu tout illuminé dans ses yeux par les histoires d'ampoule il a ri en répétant qu'on avait rencontré la raie électricité. Lisa a haussé les épaules et elle a plus rien dit jusqu'au retour sur le boudin du Zeppelin.

La *Sirène-des-mers* nous a ramenés vers nos terrains de jeux. Une fois à terre oncle Abel a mis le cap en sifflotant vers Judici pour nous remettre de nos émotions. On a commandé des gaufres avec deux étages de chantilly.

Sur sa bouée canard l'oncle se prenait pour le Roi-Soleil. Comme il était de bonne humeur on l'était aussi et on a pensé à la raie torpille qui devait nager libre dans la mer immense loin du beurre blanc et des câpres.

24

Parfois avec Lisa on s'ennuie. Le temps passe lentement et on le sent passer sur nous sans savoir si ça nous fait du bien de s'ennuyer comme ça. On aurait plein de choses à faire mais on fait rien. Je vais dans la cuisine où on entend les mouches voler. Je suis englué dans mon ennui comme elles le matin dans les taches de miel qu'on laisse sur la toile cirée après le petit déjeuner. Je regarde les pots de confiture d'oncle Abel et les étiquettes collées dessus et son écriture de maître d'école qui indique « cerises burlat » ou « abricot jasmin » ou « tomates vertes ». Les mouches font un bruit de grille-pain quand il chauffe trop fort. Je les observe qui se posent sur la paraffine des pots en espérant sûrement pomper un peu de confiture. Je me demande si elles s'ennuient elles aussi. Elles tournent en l'air. Elles visitent le globe du lustre et terminent sur la vitre de la fenêtre sans jamais voir qu'elle est entrouverte et qu'elles pourraient s'envoler si elles voulaient.

L'ennui vient avec la grosse chaleur du début d'après-midi. J'entends les quarts d'heure à la pendule. Dans la cour Grizzly dort de tout son long sous le fourgon. Avec le bout de ses pattes tout blanc on dirait qu'il est sorti en chaussettes. Plouff soupire sur le carrelage de l'entrée. Il me suit de ses yeux en prière qui disent « emmène-moi » mais où aller mon vieux Plouff avec cette chaleur ? Oncle Abel ronfle étendu dans le hamac qui balance doucement à l'ombre du figuier. Au frigo il a mis des glaçons à prendre. Le plus intéressant c'est sa machine carrée Magimix en fer gris qui fabrique des sorbets pendant que la maison suffoque. Il presse des jus et ça donne des granités pêche pamplemousse citron. Faudra attendre qu'il se réveille et c'est pas maintenant alors je reste avec mon ennui qui s'étire comme de la pâte à sucre d'orge.

Je patrouille et Lisa lit. Au début je croyais qu'elle s'ennuyait mais non. Elle aime ça. Lire au lit. Je sais pas comment elle peut voir car le volet de ma chambre est juste assez ouvert pour laisser passer une mouche mais j'ai déjà dit que les mouches elles comprennent rien à la liberté. Un mince filet de lumière rentre. Plus faible que le rayon d'une lampe de poche dans la nuit. Je joue à faire le mort-vivant en collant la pile électrique sous mon menton. Lisa lit. Je lui demande qu'est-ce que tu fais Lisa ? Bien sûr je le sais. Elle répond pas. Elle s'enfonce dans son livre comme dans du sable mouvant. Pas moyen d'aller la tirer de là surtout quand elle tombe dans une aventure de Fantômette. Son œil roule de gauche à droite en avalant les mots trop vite. Une phrase puis une deuxième et ça y est. Impossible de la ramener. Elle tombe dans l'histoire et moi je reste à la surface de mon ennui comme une marée basse en attendant que ça remonte. Parfois moi aussi j'essaie de lire mais j'y peux rien si mes yeux s'arrêtent pas sur toutes ces lignes écrites en petit et serrées comme des sardines en boîte. Je voudrais bien savoir qui a inventé une écriture où y a jamais d'air entre les mots pour les laisser respirer. J'étouffe rien qu'à les regarder. L'horloge sonne lentement un autre quart d'heure c'est toujours ça de passé.

Ces jours-là l'ennui s'arrête vers la fin de la journée quand le soleil décroche. J'ai le droit d'arroser les plantes du jardin alors tous les parfums se réveillent avec l'eau fraîche qui coule du tuyau en caoutchouc. Ça sent la citronnelle le thym le fenouil sauvage la coriandre la menthe le basilic. Les rainettes sortent et sautent autour du puits. On revit. J'ai envie de faire mille choses. Il est déjà tard. La nuit va tomber. L'ennui m'a fait sa leçon. C'est bien de s'ennuyer à condition que ça dure pas trop longtemps. Les hirondelles fusent par-dessous les tuiles « tiges de bottes » de la cabane à outils. Oncle Abel dit qu'il faut faire attention avec les tuiles en tiges de bottes. Elles peuvent glisser après un grain ou un coup de vent. Parfois il met des pierres dessus mais les pierres peuvent rouler et c'est une histoire sans fin cette histoire de tuiles que je cherche pas à comprendre.

Les hirondelles tournoient au-dessus de nous et mendient des miettes de pain avec du beurre salé dessus. Je leur dis que c'est pas l'heure. Revoilà Grizzly. À sentir son poil tiède il s'est frotté aux feuilles de menthe. Il miaule pour avoir des caresses. La fin de l'ennui c'est quand tout le monde demande quelque chose. Lisa voudrait aller à la fête. Elle réclame : « Nougats tendres et boules de mammouth et dragibus et fraises tagada et coco et pralines et berlingots ! » À croire qu'elle a pas mangé depuis huit jours. Elle dit que lire ça donne faim. Oncle Abel sort du hamac qui tangue comme un voilier sous le vent. L'ombre des feuilles de bananiers tremble sur les murs de la maison. Les moustiques attaquent. On sort les flacons de citronnelle. On allume de l'encens. On s'en va vers les grands éclairages de la ville. Vers les manèges et les jeux. On profite de la nuit toute neuve comme si c'était le jour avec toutes ces lumières près des autos tamponneuses et du tir aux pigeons. Sur le cadran solaire du port c'est écrit « Fugit tempus ». Ça veut dire « le temps fuit » dans une langue morte il paraît que. Ce temps-là devrait durer toute la vie avec Lisa qui boude et oncle Abel qui s'assoit avec nous sur les chevaux de bois. Ses hémorroïdes sont rentrées chez elles mais pas son gros ventre qui l'empêche de se voir pisser il dit. Je pense aux Dragons et aux Requins sur la plage de Nauzan. Je voudrais en voler un dans le noir et gagner l'Afrique avec Lisa. Atteindre les pays sauvages. Voir de l'autre côté de l'horizon si l'ennui existe pareil ou si c'est un autre ennui avec des singes et des noix de coco et des rhinos nains et des chevaux minuscules qui s'appellent falabellas. On rentre tard avec nos rêves éveillés. On se jette sur les sorbets d'oncle Abel. Faudrait dormir mais on a pas sommeil. Lisa me raconte un mystère de Fantômette. Moi je regarde sa bouche comme des quartiers de fruit. Comme je l'aime Lisa. Et comme je peine à lui

dire. Mais quand je ferme les yeux pour penser à elle
c'est sa mère que je vois en cuisses dorées de 1964 et
elles se ressemblent si fort qu'on croirait une pomme
coupée en deux.

25

Quand il tient la grande forme du temps où il était jeune oncle Abel est un spectacle. Avec son béret noir sur le crâne il est comme une tour sans fin qui penche un peu les soirs de coups de rosé. Son béret en laine véritable il se le visse au ciboulot même en été. Ça lui rappelle ses années d'avant. Ses parties de chasse dans la Chalosse. Des bécasses et des grives à crever et aussi des fêtes avec les Bandas de Dax et des corridas l'après-midi dans les arènes de Tyrosse. D'autres souvenirs encore qu'il cache aux enfants. Des souvenirs avec du pinard et des filles quand il connaissait pas encore tante Louise et qu'il était gaillard pour danser jusqu'au matin sur les planchers des bodegas. Ces jours-là faut guère trop le pousser pour qu'il remue les oreilles ou qu'il bouche ses trous de nez avec sa langue. Même s'il fait le malin moi je sais qu'il est fragile. Ses oreilles deviennent toutes rouges sous l'ampoule nue de la cuisine et alors on voit à travers les petites veines qui dégoulinent. Mais ça fait rien. Quand il parle oncle Abel il laisse pas perdre une seule voyelle en route. Il les prononce dans chaque mot comme s'il s'en régalait de sa voix qui enveloppe comme un lierre ou une glycine il m'a appris ce nom. Il fait sonner le i de joli et ferme le o de allô. Il fait durer le u longtemps quand il crie « j'ai entendu » ou « je tombe des nues ». Rien à voir je crois avec des femmes nues mais j'aime mieux pas demander. Il est au sommet de son parler quand il dit le mot fantaisie car il appuie sur le e final comme sur le champignon du fourgon dans les côtes et ça fait fantaisieeu. Pareil pour la pluieeu ou je prieeu. C'est drôle aussi de l'écouter mentir. Il dit qu'en été surtout au mois d'août ses yeux ont des reflets mers du Sud ou myosotis ça dépend de là où tape le soleil. Nous on sait bien qu'ils sont marron cochon.

La dernière fois qu'il a fait croire ce bobard c'était hier soir. Il avait invité une Gladys qui pourrait bien être sa nouvelle amoureuse tellement elle a gobé son histoire de zyeux mers du Sud. Elle est très belle Gladys avec de longs cheveux rouges qui lui descendent sur les épaules comme une cascade et juste les dents en avant d'avoir sucé son pouce trop longtemps autrefois. Oncle Abel l'a trouvée dans une maison qu'il vidait près de Bonne-Anse où elle était dame de compagnie il a dit en devenant rouge aux joues mais on lui demandait rien moi et Lisa. Elle avait plus à tenir compagnie sauf à un fauteuil sans personne dedans alors il l'a invitée chez lui. Il a répété que moi et Lisa on était pas ses enfants mais bien gentils quand même pendant que sa bague en or du temps de tante Louise brillait dans la lumière des bougies qu'il avait allumées exprès pour l'invitée.

Gladys est partie tôt. Elle a promis que le prochain coup on aurait une surprise quand elle reviendrait. Moi j'étais content qu'elle ait pu effacer une partie du Groenland d'oncle Abel et aussi un bout de la Roumanie de Lisa en racontant plein d'histoires d'animaux et d'esprits frappeurs encore mieux que les mystères de Fantômette. En plus elle aime cuisiner les desserts et hier elle avait amené un plat caramélisé avec des pommes cuites et des plaques de sucre à l'endroit de la queue qui brillaient comme la bague de l'oncle et qu'on a mangées jusqu'aux pépins. Elle a dit « si vous aimez ça les bichons je vous en referai dimanche » et j'ai entendu qu'elle prononçait « dimancheu » à la façon d'oncle Abel. La preuve qu'ils étaient déjà bien partis ensemble. Gladys avait aussi des gros seins blancs avec des taches de soleil dessus que c'était épatant de voir tout ça remuer.

Quand je dis que Gladys a fait reculer le Groenland d'oncle Abel je rigole pas. On dirait qu'il s'est mis du cirage Kiwi sur les pattes autour des oreilles car on voit plus ses touffes blanches ou alors je suis miro. Hier soir l'oncle il l'a ramenée chez elle puis il est revenu avec monsieur Archibouleau et le docteur Malik qu'il avait trouvés sur la corniche à parler de tout et de rien c'est kif-kif bourricot. Avec Lisa on est allés dormir mais par la fenêtre ouverte on a entendu leurs rires et des bruits de bouteilles qu'on débouchait. « Ça sent le sexe! grondait la voix forte d'oncle Abel. Ça sent la couille! » criait-il sous les rires de ses compères. Heureusement Lisa s'était endormie. Je me suis levé sans un bruit et à travers le carreau je les ai vus tous les trois le nez plongé dans de grands verres à longs pieds. Ils respiraient avec leur pif qui touchait presque le liquide sombre. « La noisette aussi notait le docteur Malik en se retenant. — Et la framboise ajoutait monsieur Archibouleau sans quitter sa politesse. — Oui mais ça sent surtout la couille ! » insistait mon oncle qui tenait la forme olympique de ses vingt ans. Ils avaient posé devant leur soif deux bouteilles de rouge. Sûrement du saint-émilion qui inspirait toujours des commentaires puissants à oncle Abel. J'ai écouté encore mais ils avaient baissé le son. Le docteur Malik parlait d'un gars qu'allait clamser. J'ai espéré que c'était pas monsieur Maxence avec sa maladie de la pierre. Il doit d'urgence nous donner des tuyaux à moi et Lisa pour atteindre l'Afrique à partir de Cordouan. « Ça va faire encore une belle veuve » soupirait le docteur avec du regret dans la moustache alors monsieur Archibouleau et oncle Abel ont explosé de rire et ont rempli leurs verres qui étincelaient comme leurs yeux dans la nuit. Au fur et a mesure ils ont moins parlé pendant qu'ils descendaient leur débit de boisson. Leurs phrases se sont un peu décousues avec des longs silences entre les mots écartés comme les dents du bonheur. Ça leur suffisait d'être ensemble sans parler beaucoup. Oncle Abel prenait pas la peine de terminer les idées qu'il commençait vu qu'il était surtout intéressé par finir sa bouteille. Il laissait même tomber des voyelles que d'habitude il faisait rouler longtemps dans sa gorge sans jamais les avaler. Une braise s'est rallumée dans leurs voix quand ils ont crié « À Gladys ! ». Puis j'ai plus rien entendu. Ils ont coulé dans l'amitié d'appellation contrôlée comme disait le docteur Malik et c'était beau à voir ce qu'ils étaient amis.

26

« Regarde Marin je nage ! »

Lisa a quitté sa ligne et lâché la planche de liège. Elle vient vers moi avec les bons gestes que je lui ai appris. Le coup de ciseau des jambes et la poussée en grenouille et les épaules qui s'enfoncent sous l'eau puis remontent. Elle crache un peu. Sa peau brille. Les muscles de ses bras gonflent comme les brioches tressées de la boulangerie Nougatine à Royan. De ravissants petits bourrelets bronzés. Elle nage Lisa. C'est un matin de soleil à Foncillon. On voit encore de la brume sur la mer. Je suis à même le ciment chaud sur le rebord de la piscine. Je tends la main à Lisa. Elle fait demi-tour. Trop heureuse de nager sans aide. J'ai plongé pour la rejoindre. Elle rit de plaisir alors elle boit des tasses et perd son souffle mais elle maintient sa tête bien au-dessus de l'eau. Rudy le maître nageur m'a envoyé un clin d'œil. Bientôt on passera au crawl si elle a pas peur de respirer sur le côté.

Son rire a vite disparu. Elle est remontée par l'échelle pour aller se sécher. Je l'ai vue s'enrouler dans sa serviette et tourner le dos au bassin. Regarder du côté où les parents viennent surveiller leurs enfants. Les mères avec un livre ou un tricot déjà commencé pour l'hiver prochain et les pères souvent les mains dans les poches à suivre les nageuses derrière leurs lunettes de soleil avec l'air de regarder ailleurs. Lisa scrute les bancs de l'autre côté de la barrière. Puis elle s'assoit sur les dalles tièdes et quand elle se relève il reste la marque mouillée de son maillot. Mais la marque s'efface. Ou est passée Lisa ? Je la trouve plus alors mon cœur s'affole. Je me suis approché du grand bassin. J'ai cherché au milieu des nageurs. Rudy me fait signe qu'il sait pas où elle est partie. Peut-être sous les douches ou aux vestiaires ? Elle a pas pu se noyer. On l'aurait vue se débattre et puis Rudy a des yeux derrière la tête tellement il voit tout. Je scrute le coin des visiteurs et là je la repère avec son tee-shirt et son maillot rouges. Ses cheveux sont emmêlés comme des filets après la pêche. Elle tourne en rond l'air buté. De l'eau coule de ses joues.

Je l'appelle. Elle m'écoute pas et pourtant je suis tout près. Elle regarde partout sauf vers moi. Elle cherche sa mère j'en suis sûr ou alors elle a vu madame Contini avec Triangolini comme la première fois et si c'est ça va falloir la consoler. Enfin elle m'a rejoint. On est restés en maillot avec nos serviettes sur les épaules pour éviter les vestiaires qui puent. Maintenant on marche. J'ai pris sa main molle de poupée en chiffon et c'est vrai qu'elle est chiffonnée Lisa. J'aimerais savoir ce que font les grandes personnes quand quelqu'un se tait avec plein de choses qui doivent bouillir dans sa tête et que ça pourrait exploser.

On aperçoit le port. On voit devant nous le store levé de la boulangerie Nougatine. Le boulanger s'appelle monsieur Declerk et il nous vient du Nord où ils ont du soleil juste dans les yeux comme chante le docteur Malik en finissant par des aï-aï-aï même s'il a pas mal. La boulangerie Nougatine est la meilleure de partout grâce aux gâteaux du Nord qu'ils vendent avec le nom de cramiques sucre raisin qui collent aux doigts et qui craquent vraiment sous les dents à cause du sucre. Lisa elle a pas faim mais j'ai insisté car faut toujours manger quand on est triste. C'est ce que répétait ma mère à oncle Abel quand tante Louise a eu sa rupture. J'ai acheté un flan tiède. J'ai pris aussi un morceau de cramique tranché en deux et un éclair au café. On est allés s'asseoir près du manège aux chevaux de bois. Lisa a fini par mordre dans sa tranche de cramique. On a maté les enfants sur les chevaux. Comment leurs parents les installaient là-dessus et comment ils les suivaient des yeux et leur faisaient des signes de la main des fois que les petits partiraient pour un long voyage. « Ils te manquent pas ton père et ta mère ? m'a demandé Lisa. — Si j'ai dit. Mais faut bien qu'ils travaillent. Ils aimeraient mieux être en vacances et venir jouer avec moi. » J'ai dit encore : « Je suis sûr que tes parents aussi ils aimeraient te voir nager ou t'emmener au manège. » Lisa a croqué un autre morceau de cramique. Ça fait « crr crr » dans sa bouche. « Ton père il aime ta mère ? m'a demandé Lisa. — Oui » j'ai répondu. Un oui trop fort. Elle a plus rien dit. On s'est levés pour aller boire au robinet près du ponton aux yachts. Sur le trottoir d'en face on a vu passer mon copain Cyrille qui marchait devant son père en se retournant sans arrêt pour pas le semer en route. Son père faisait des grimaces à chaque pas et ses souliers grinçaient mais il se plaignait jamais. On voyait bien qu'il aurait suivi Cyrille jusqu'au bout du monde même s'il avait fallu grimper des montagnes et sauter plein de repas. Heureusement y a pas de montagnes à Royan. C'est une chance pour le père de Cyrille qui a aussi du bonheur vu qu'il a toujours son fils dedans ses jambes. Lisa s'est serrée contre moi. Doucement elle m'a dit qu'elle m'aimait bien alors j'ai eu la chair de poule comme quand il fait du vent sur la mer et que je tarde à rentrer dans l'eau.

« Mes parents ils s'aiment plus a dit Lisa.

— Comment tu le sais ?

— Je le sais.

— Ils te l'ont dit ?

— Ça se voit. Hier maman a croisé papa dans la rue et elle a changé de trottoir.

— Tu es sûre ?

— Papa lui a reproché ça au dîner.

— Peut-être qu'elle l'avait pas vu.

— Elle a fait exprès je te dis. Plus tard ils ont cru que je dormais. J'entendais tout de ma chambre.

— Tu as entendu quoi ?

— Papa l'a traitée de garce et d'autre chose encore. En tout cas il l'a traitée. Elle a crié qu'elle allait couper les ponts mais ça veut dire quoi ? »

J'ai soupiré. Lisa a laissé le flan et la moitié de sa tranche de cramique. Moi j'ai tout avalé.

27

Aujourd'hui Lisa bouge plus de son lit avec Fantômette sur ses genoux. Sauf quand elle crache ses poumons à force de tousser. Au téléphone elle a pu dire à
madame Contini qu'elle sait nager. Sa mère viendra la
chercher demain elle a promis. Mais Lisa elle y croit pas
trop alors elle préfère s'accrocher aux histoires de Fantômette. Quand je lui demande ce que ça raconte elle
répond « je lis » et rien d'autre. Son histoire l'a attrapée
par les yeux. Je sens l'ennui qui remonte. Je vais dans la
cuisine avec la boîte à biscuits qu'oncle Abel m'a préparé. Dedans s'entassent des timbres du monde entier
avec leurs petites frontières dentelées qu'il faut y faire
attention m'a prévenu mon oncle. J'ai un bel album avec
des bandes transparentes collées sur des pages noires.
J'attrape des pays entiers à la pince à épiler. Madagascar
et le Tchad et la Côte d'Ivoire et tous les Congo. C'est
incroyable les couleurs qu'ils mettent ensemble et c'est
aussi pour ça que je voudrais partir en Afrique avec Lisa.
Voir le bleu de cette mer et le rouge des fleurs géantes et

des papillons et les peintures sur le torse des guerriers et aussi les éléphants et les hippopotames que je range dans l'album et les singes et les crocos comme dans Tarzan.

C'est plein de héros aux noms compliqués. Je lis : Savorgnan de Brazza Félix Houphouët-Boigny. Je lis : Afrique-Occidentale française Afrique-Équatoriale française territoire des Afars et des Issas. J'ai demandé à oncle Abel de m'expliquer. Il a dit que c'est des histoires de grands et qu'au lieu de vouloir refaire les empires je devrais classer les timbres sans trop me poser de questions. Il était irrité car il quitte toujours la table avec la faim au ventre pour l'aider à maigrir. Alors j'ai continué avec les timbres du Sénégal et de l'Égypte avec le Nil. La mer Rouge me fait penser à Jeanne Merteuil sur les rochers de Pontaillac. J'imagine que ces petits morceaux de papier ont voyagé sur des bateaux et dans des avions pour finir dans la sacoche ridée du facteur qui les dépose chez nous collés sur des enveloppes et des cartes postales. Ces prodiges me donnent des frissons comme le sable brûlant des plages ou comme Lisa quand elle s'approche de moi. Un jour j'attraperai tous ces pays pour de vrai et pas avec une pince à épiler de la tante Louise. Je serai explorateur et vétérinaire pour éléphants d'Afrique. Je serai aussi aviateur aux soutes remplies de lettres timbrées avec des gazelles et des impalas et des zèbres ou alors des masques qui font peur à cause de leur grande bouche avec un sourire dedans mais des clous à la place des dents. Moi et Lisa on soignera des bébés tigres. Nos enfants iront à l'école en sautant de liane en liane. On boira du vin de palme et du lait de coco. On dansera des nuits entières en écoutant les tam-tams. Je chasserai avec un arc et des flèches à plumes de toucan. Je le sais. C'est déjà marqué sur les timbres d'Afrique d'oncle Abel. C'est tatoué sur les rhinocéros blancs du Kenya et sur la figure des guerriers massaï et dans les falaises des Dogons. C'est écrit dans les dunes de sable de Tombouctou qu'un gars du coin qui s'appelait Caillié comme le lait et René de son prénom est allé piocher jadis après quatre mille bornes de pistes.

D'autres timbres me plaisent dans la boîte à biscuits. Les images montrent des bords de mer que je connais pas. On ira plus tard avec Lisa. Nice et ses palmiers bleus en tout cas ils sont en bleu sur le timbre. Quimper et Le Mont-Saint-Michel et les tours de La Rochelle. Biarritz et ses grosses vagues. Et aussi des enveloppes blanches avec des timbres recouverts de tampons et cette phrase : « Dernier voyage du *Gallieni* aux terres australes. Janvier 1973. Premier voyage du *Marion-Dufresne* aux îles australes. » On ira partout avec Lisa. On quittera nos parents et tant pis s'ils ont de la peine. Eux aussi ont quitté leurs parents un jour. Moi ça m'omnibule de partir.

J'adore dire le nom Madagascar. Je le dis en fermant les yeux et des choses incroyables m'apparaissent qui existent pas ici comme des singes à très longue queue ou des dauphins blancs. Pendant que je classais des timbres de danseuses Lisa m'a rejoint devant la table du salon. Elle a fini son livre de Fantômette. Elle me regarde avec une question dans les yeux. Elle veut savoir si je la trouve belle sa mère. C'est pas la première fois qu'elle me le demande. Elle me laisse pas le temps de répondre. Elle a un sourire qui s'est dessiné et on dirait que ses pupilles se sont éclairées avec une ampoule dedans rien qu'en pensant à sa mère. Je crois que j'ai rougi mais elle s'en fiche. Elle me voit pas. C'est sa mère qu'elle voit. Elle me dit qu'elle aime son odeur et sa bouche quand madame Contini l'embrasse. Elle aime qu'elle la serre dans ses bras ou alors qu'elle lui dise des secrets dans l'oreille qu'elle est la seule à entendre. Elle dit qu'elle fume trop et qu'elle a peur qu'elle meure de ça. Elle dit qu'elle a un fume-cigarette en ivoire avec des morceaux d'or au bout que lui a offert son père ou un autre homme car plein d'hommes veulent lui offrir des cadeaux. Lisa sourit tellement quand elle parle de sa mère que c'est plus la vraie Lisa. Elle regarde ailleurs avec le regard des aveugles collé vers le ciel. Elle me voit toujours pas. Dans le cou de sa mère existe un endroit très doux et qu'elle caresse souvent il paraît que. Et aussi y a la respiration toute chaude de madame Contini quand Lisa va dans son lit et que sa mère dort encore au milieu de sa chaleur et qu'elle se couche près d'elle en posant ses doigts sur ses sourcils. Sur ses joues. Sur ses cheveux. Ils sont beaux ses cheveux pas vrai Marin ?

Je pense à ce qui est beau sur le corps de madame Contini. Moi je garde cette image formidable avec ses seins et la tache rousse entre ses cuisses. C'est plus fort que moi et rien que pour ça aussi faut que je parte à Madagascar. Oncle Abel dit que c'est la virgule de l'Afrique. La tache rousse c'est la virgule de madame Contini. Je pense maintenant à l'endroit très doux dans son cou. Rien que pour en finir avec cette image on disparaîtra moi et Lisa. Elle me demande si j'ai bien entendu ce qu'elle m'a dit. « Évidemment! » j'ai répondu.

Elle a haussé les épaules à se les démonter puis elle s'est moquée de moi. « Tu avales tout ce que je te raconte toi! Ma mère elle est pas belle pas douce. Elle me serre jamais contre elle et jamais elle me dit des secrets et ses cheveux sont moches et son nez est affreux et sa bouche pue le médicament ou le vin ou les deux! D'ailleurs je l'appelle jamais maman. Quand je l'appelle maman elle se retourne même pas alors je l'appelle par son prénom comme font les hommes. Maman elle connaît pas. C'est pas elle. Elle répond quand je dis Agnès mais elle préfère Anna comme un âne. » J'ai demandé : « Elle s'appelle Agnès ou Anna ta mère? » Lisa est restée à me regarder sans plus rien dire et cette fois je crois que c'est bien moi qu'elle a vu. Je la trouve belle madame Contini. Rien que d'y penser mon cœur brûle les feux rouges.

C'est la fin de la journée. Monsieur Maxence doit nous attendre. Un coup de vent a repoussé très loin les nuages. On est allés prendre l'air sur la corniche. On a marché sur la falaise entre les carrelets et les belles maisons aux noms de plantes ou de villes lointaines. Laurier-rose. Acacia. Héliopolis. Valparaiso. Castel Horizon. Et aussi la villa Rithé-Rilou qui appartenait à deux sœurs Marie-Thérèse et Marie-Louise. On la reconnaît entre toutes avec sa tourelle de château hanté et la girouette en fer qui respire le grand vent. La brise souffle si fort que des goélands restent immobiles retenus en l'air par des fils invisibles. On est arrivés juste à temps pour voir la fin du soleil. La mer a viré au doré puis elle a rougi comme une flaque de sang.

28

J'ai mis la radio et maintenant avec Lisa et monsieur Maxence on écoute sans rien dire le bulletin de la météo marine. C'est un vieux poste gros comme un accordéon sauf qu'il est tout lisse avec le nom des stations marqué sur le verre du rebord. Marseille Luxembourg Alger Tunis Moscou et même Oulan-Bator qui est paraît-il au bout du monde mais qui parle jusqu'ici dans la chambre de monsieur Maxence. La voix d'une dame discute plus vite que mon professeur de français quand il nous flanque une dictée. Impossible d'attraper au vol tous les mots vu la ribambelle que je connais pas. On dirait une poésie. Monsieur Maxence ferme les yeux pour mieux entendre. Faut bien se concentrer car la voix elle répète jamais. Ce soir encore je retiens des morceaux de phrases au hasard et ça dessine un pays très mystérieux. « Est de Cantabriques mollissant partout 2 à 4 à la fin... orage sud de Terre-Neuve... avis de grand frais sur Faraday. Fastnet Dogger et Fisher... dépression 103 hectopascal sur Baléares. Minorque localement nord-ouest 4 près du delta de l'Èbre revenant ouest 3 sur le sud-ouest le soir… » Moi et Lisa on comprend rien mais on se laisse porter car ça raconte la mer. Agitée. Peu agitée. Forte. « Magdalena… Ligure et Corse… Shannon… Lion. »

Monsieur Maxence m'a fait signe d'éteindre. On est restés dans ce silence et c'était comme si on avait entendu l'océan. Je lui ai demandé c'est quoi le poteau noir dont ils ont parlé l'autre jour à la télé pendant une course à la voile près de l'Afrique. Avec Lisa on voudrait pas se cogner dedans si des fois on se lançait sur un Dragon ou sur un Requin du chantier de Nauzan. Monsieur Maxence a été content de me répondre. Il sait pas que ses renseignements nous serviront bientôt à nous enfuir. Moi et Lisa on se regarde comme les espions dans le film *Goldfinger* avec James Bond ou alors comme dans *Chapeau melon et bottes de cuir* où elle est Emma Peel et moi John Steed en beaucoup plus jeunes bien sûr. « Le pot au noir ne peut pas gêner un navigateur qui vogue vers l'Afrique explique monsieur Maxence. Sauf s'il met le cap en direction du golfe de Guinée pour filer au Brésil. » Notre ami raconte des histoires d'alizés qui se rencontrent et se paralysent ou de bateaux pris comme des mouches dans la sauce béchamel. On est soulagés maintenant parce qu'on a aucune envie d'aller si loin que le Brésil où ils ont pas d'éléphants à soigner.

On a laissé monsieur Maxence sur la pointe des pieds. Il s'était endormi. Sa femme nous a donné le dernier *Pif Gadget*. Lisa a voulu lire les pages de Corinne et Jeannot mais il était tard. Elle m'a parlé d'aller vers des îles du Japon qui s'appellent les « îles ça câline ». Elle devait se tromper. J'ai jamais entendu parler d'îles qui câlinent. On s'est pressés de rentrer chez oncle Abel. Il a promis de nous emmener pêcher la nuit à la pointe Espagnole. On veillera tard sur la plage. On regardera le ciel en cherchant la Grande Ourse. Monsieur Archibouleau va nous rejoindre et peut-être aussi le docteur Malik avec son livre qu'il veut nous lire d'un monsieur Albert qui s'appelle Camus de son nom et qui raconte des histoires de soleil et de jus de pêche qui coule sur la poitrine. On dormira à l'arrière de l'auto où oncle Abel a installé un matelas. Il a prévu d'emmener Plouff et aussi des piques pointues pour attraper les soles dans la marée qui baisse.

« Vous étiez où ? il a demandé en nous voyant.

— Chez monsieur Maxence. »

On est montés dans la voiture et il a démarré en allumant les phares. « Ça va mordre ! » il a dit en se frottant les mains.

29

C'est la pleine mer. La preuve c'est qu'on l'entend crier au loin derrière les dunes. Elle crie plus fort que le bruit du moteur. Avec Lisa on se regarde pour pas avoir peur. On croirait un animal géant et invisible comme le monstre du Loch Ness ou le gorille King Kong. Elle crie partout. La nuit elle a un haut-parleur pour qu'on l'entende encore plus. Oncle Abel a garé son auto derrière la cabane du Bédouin avec sa lampe-tempête allumée si on se perd. L'air sent le fenouil sauvage et aussi la noix fraîche et les fleurs de dunes et d'autres parfums sans nom qui voyagent avec la brise. On marche dans le noir en suivant le roulement des vagues. On est juste nous oncle Abel moi et Lisa. Plouff aussi qui flaire partout et marque son territoire infini comme le Sahara en envoyant des gouttes de pisse autant qu'il peut.

Oncle Abel porte ses cannes et nous un seau avec des vers dedans. Il a pris de quoi éclairer pour tout à l'heure quand il plantera ses cannes dans le sable après le lancer. Le vent de la nuit secoue leurs clochettes. La mer pourrait nous dévorer avec un bruit pareil. Lisa se tait. Elle me colle sans arrêt. Plouff aboie et les vagues lui répondent alors il aboie encore plus fort. Parfois on aperçoit des traces blanches sur la mer comme si elle montrait ses dents et pourtant il fait une nuit d'enfer. La lune est dans l'eau. Pas moyen qu'elle nous éclaire. On a monté la dune et descendu l'autre côté. Au début on marche sur un tapis de fibre. Après c'est le sable. Rien que le sable jusqu'à l'océan. On marche doucement. Lisa me dit que c'est trop long. Elle veut savoir à chaque pas quand on sera arrivés. C'est comme si on faisait du surplace.

Enfin on a posé les seaux. Oncle Abel me tend la torche. C'est si grand la pointe Espagnole qu'une allumette ferait pas moins de lumière. Lisa regarde ailleurs et elle a raison. Moi je dois éclairer les mains d'oncle Abel pendant qu'il transperce les vers tout du long avec une tige en fer pour les glisser dans l'hameçon. Ses doigts saignent mais c'est pas ses doigts. « Juste les vers » il dit pour nous rassurer avec Lisa. Maintenant ses cannes sont prêtes. Les plombs volent au-dessus de nos têtes en fouettant l'air. La mer nous crie toujours dessus. On a planté la torche dans le sable. Oncle Abel a vidé le sac qu'il portait à l'épaule. Il a sorti un duvet pour moi et Lisa.

On a traversé la nuit dans un rêve où sonnaient de temps en temps les clochettes d'oncle Abel. On a moins entendu la mer qui s'est retirée loin. Plouff a pas cherché à la suivre. Il s'est allongé à nos pieds. Le jour s'est levé tôt. Oncle Abel avait emporté une thermos avec du café et une autre avec du chocolat. Une petite peau flottait sur le lait. Il m'a forcé à boire en disant que j'allais pas faire ma chochotte et que je verrais bien quand je serais à l'armée si on me donnerait une passoire pour enlever la crème! Il avait rempli un seau d'eau de mer où un gros bar et trois plus petits essayaient de survivre.

Avec Lisa on a tracé une marelle géante. Le docteur Malik est arrivé vers onze heures avec un parasol rouge et un pliant. Il a demandé si ça mordait alors on lui a montré le seau. Il a sifflé entre ses dents puis il a ouvert son parasol comme un coquelicot géant. Oncle Abel était parti dans l'eau avec un long cordeau qu'il a posé entre deux flotteurs après avoir accroché des dizaines d'hame-çons. Avec Lisa on était contents. Il restait plus aucun vers au fond du seau. Seulement du jus rouge qu'on a vidé dans le sable. Le docteur Malik portait un pantalon de toile et une veste pareille et aussi un chapeau de paille serré par un ruban noir. Il avait des lunettes de soleil mais on voyait quand même ses bons yeux derrière et leur sou-rire dedans alors il avait pas l'air d'un étranger comme le père de Lisa. Il a sorti d'un sachet des pêches bien mûres et des abricots. Et aussi des chocolatines encore tièdes qu'il avait achetées à la cabane du Bédouin. Il s'est assis sur son pliant et nous a demandé si on avait bien dormi dans ce grand air. Quand il avait notre âge comme si le docteur Malik avait pu avoir treize ans ou dix ans son père l'emmenait sur une mer loin d'ici à Tipaza. Moi et Lisa on trouvait ce mot rigolo mais on savait pas où c'était alors il a pris un petit livre dans la poche de sa veste avec une peinture pleine de belles couleurs sur la couverture et le nom d'un monsieur Albert marqué dessus en gros et dessous le mot « Noces ». Il a commencé à lire avec sa voix qui faisait comme une chanson. Le livre était usé. Il l'avait beaucoup lu avec ses yeux et aussi avec ses mains. Les pages se détachaient. Le docteur Malik enfonçait ses pouces pour bien retenir Tipaza contre le vent qui soufflait de la mer. Quelquefois je me demandais qui racontait l'histoire. Si c'était monsieur Albert ou le docteur Malik car il disait souvent « je » et par exemple en lisant : « Les dents refermées sur la pêche, j'écoute les grands coups de mon sang monter jusqu'aux oreilles, je regarde de tous mes yeux. » Il lit très doucement le docteur Malik. Ça parle des cymbales du ciel et de la carapace grise de la mer et aussi des vagues comme des chiens lâchés. C'est encore plus beau que la météo marine même si j'y comprends pas plus que les histoires d'hectopascal et de cantabriques. On mord dans les pêches comme monsieur Albert ou le docteur Malik. Le jus coule sur nos mentons et nous voilà à Tipaza. J'aimerais savoir si ça existe un timbre de Tipaza. Le docteur Malik croit que non mais il dit que je pourrais trouver le visage de monsieur Albert sur un timbre de France vu qu'il a été connu pour ses belles phrases sur le soleil.

Oncle Abel nous a rejoints après avoir installé ses cordeaux. Il a bu un gobelet de café noir et avec le docteur ils ont parlé de football. Ça nous intéressait pas avec Lisa alors on est allés se baigner pour enlever le jus qui nous collait les doigts. On avait passé notre première nuit à la belle étoile. Notre première nuit ensemble sur un lit de sable et de plumes et aussi dépaysés que si on s'était réveillés à Tipaza. Et quand le docteur Malik nous a appris que noces voulait dire mariage alors on y a vu un signe de la mer et du ciel.

30

On est rentrés l'après-midi à Pontaillac. On s'était endormis dans l'auto. Plouff nous a réveillés avec des coups de langue et aussi les poissons à cause de l'odeur. Oncle Abel avait pris des soles tant et plus et des turbots et même un sar qu'il se demandait d'où il venait car c'est rare par ici mais délicieux avec des herbes. On est allés se doucher sous le citronnier. L'eau était tiède dans le jerricane. Le savon griffait la peau à cause des grains de sable enfoncés dedans comme de petits diamants. Oncle Abel a tranché trois tomates avec son couteau à la lame très fine. On aurait dit qu'il coupait dans du beurre. Le jus des tomates a coulé dans l'assiette avec les graines dorées. L'oncle les a épluchées car il met du sulfate bleu dessus pour qu'elles deviennent rouges et je comprends pas comment c'est possible. Après on est allés cueillir des feuilles de basilic et de la coriandre et des oignons frais à la tête pas plus grosse que des billes blanches qu'on appelle des laiteuses à l'école dans la Corrèze. Ça sentait bon. Il était déjà trois heures de l'après-midi. Oncle Abel a mis la table avec les tréteaux à l'ombre du bananier. Il a fait cuire le poisson « en colère » la gueule touchant la queue comme font les vrais marins. Il a jeté dessus des graines d'anis et nous en a donné à croquer. Le poisson grillait avec des branches de thym sur les écailles on l'aurait admiré pendant des heures.

Le docteur Malik a fabriqué un bouquet de jasmin qu'il nous a fait respirer juste sous les narines à moi et à Lisa. « La sole vous pourrez la manger avec les doigts » a dit oncle Abel. C'était la fête. Il a ôté la peau brûlante à la pointe du couteau et il est resté sous nos yeux la chair blanche du poisson de chaque côté de l'arrête principale. « Attention de pas vous piquer » a prévenu le docteur Malik en nous servant une assiette pour deux. Moi et Lisa on a pris la sole du bout des doigts et on a mangé avec des petits bruits mouillés comme deux chats qui crèvent de faim. D'ailleurs Grizzly s'est ramené dare-dare par l'odeur alléché. Il a respiré délicatement les restes du poisson comme pour vérifier qu'il était bien frais. Le ventre rempli il a bondi jusqu'au tuyau d'arrosage où sa langue rapide à lapé ce qu'il restait de gouttes d'eau fraîche. Le jus du citron nous picotait à cause de nos coupures à force d'escalader les rochers de la corniche. « C'est rien ça va aider à cicatriser » a dit le docteur Malik en voyant Lisa grimacer pendant qu'il engloutissait d'un coup un filet de sole. On avait un creux. On s'en était pas aperçus avant car on avait pioncé toute la route. « Je boufferais un curé avec sa soutane ! » a tonitrué oncle Abel. Ça nous a fait rire et le docteur Malik a promis un dessert épatant si on mangeait notre sole en

127

entier et aussi les feuilles de petites salades qu'ils appellent sucrines. « Mangez lentement vous mangerez pluss » a conseillé oncle Abel. On a continué à mâcher doucement nos filets de sole. C'était du velours dans la bouche avec un goût de mer et de citron. Oncle Abel a versé les rondelles de tomates dans un bol et nous a donné des cuillers à soupe pour le jus. Des morceaux de basilic se coinçaient dans nos dents et nous faisaient des sourires de sorcières.

Après le docteur Malik a sorti du frigo un carton blanc avec un ruban rouge en croix qu'il a tranché d'un coup sec avec le couteau du pain. Dedans flageolaient plusieurs gros babas gonflés de rhum. Il a dit qu'on pouvait manger sans crainte et qu'on serait pas soûls avec si peu. On a plongé nos cuillers argentées dans la chair des babas encore plus douce que la chair de la sole et que la chair des tomates pelées. « Quand j'étais gosse j'allais au café de Constantine prendre une menthe à l'eau ou un sirop d'orgeat avec mon père » a raconté le docteur Malik qui a toujours de la nostalgie dans ses gâteaux et aussi dans ses verres de vin. « Mon père criait "un feu!" et le bistrotier lui versait un verre de rhum vu qu'il était pas musulman mais français d'Algérie et que c'était pas pareil. » Oncle Abel a attrapé la mignonnette. Il en a versé quelques gouttes sur le baba du docteur et sur le sien. « Un feu! » il a répété pour lui tout seul. Devant la petite flaque couleur caramel qui restait au fond de nos assiettes il a estimé qu'on en avait assez. J'ai avalé la dernière bouchée de mon baba blanche et tellement molle que j'en ai frissonné.

C'est à ce moment qu'une voiture s'est garée devant la maison avec madame Contini à l'intérieur. Elle était tous crocs dehors comme sur la photo de Miss Pontaillac 1964 pour saluer oncle Abel et le docteur. Elle a passé sa main dans mes cheveux. Lisa est restée muette. Madame Contini portait une jupe courte de joueuse de tennis et aussi une chemise transparente nouée entre ses seins. On pouvait voir son nombril et ses côtes un peu. Elle s'est penchée pour embrasser Lisa et là j'ai vu sa culotte tendue sur ses fesses. Une culotte très fine avec de la dentelle autour. Madame Contini me tournait le dos. Je regardais ses jambes bronzées et les muscles de ses mollets galbés comme la chair du baba. Quand elle s'est retournée vers moi elle m'a proposé de venir dans sa maison avec Lisa. J'ai dit oui sans hésiter. Lisa m'a fait les gros yeux. Oncle Abel m'a laissé partir. Dans la petite auto aux poneys grincheux j'ai senti le parfum de madame Contini. C'était mieux que l'odeur du jasmin et mieux que tout ce que je connaissais. Ça sentait madame Contini. Sa peau et ses jambes avec leur couleur de caramel à force de soleil. Ça sentait son sourire. Ça sentait l'air qu'elle remuait quand elle marchait. Ça sentait aussi son ventre et la tache sombre sous sa jupe quand elle était habillée si court en joueuse de tennis et qu'elle ressemblait à la championne australienne Evone Goolagong qui venait de gagner le tournoi de Wimbledon. Moins d'une heure plus tard moi et Lisa on était chez elle et Lisa voulait plus me parler.

31

Maintenant je suis dans la salle de bains de madame Contini. Je me suis écorché au genou en trébuchant sur une marche de l'escalier de marbre qui monte vers la villa. Lisa a crié « bien fait pour toi » avant de disparaître dans le jardin. Madame Contini m'a amené devant le meuble à pharmacie. Elle a sorti le mercurochrome et le coton. Ce sera rien elle dit. Ses ongles vernis sont aussi rouges que mon genou. Puis elle m'a planté là pour aller chercher Lisa. « Reviens ! » elle crie avec sa voix aiguë et ses doigts rouges qui s'agitent. Quand elle sourit madame Contini ça donne envie de l'embrasser sur la bouche. J'ose pas regarder sa poitrine avec la fente entre ses seins. Mais si je la regarde quand même je sens que ça recommence avec ma quique qui gonfle.

J'entends leurs voix dehors. Lisa râle dans son coin. Madame Contini essaie de se réconcilier mais impossible. Elle a enlevé ses habits de tennis et passé une robe légère. Elle a pas de soutien-gorge et pas de culotte on dirait. Par la porte entrouverte de sa chambre j'ai vu sa tenue d'Evone Goolagong au pied du lit. J'ai vu aussi une photo en couleurs encadrée sur la table de nuit. Une petite fille avec les mêmes cheveux que Lisa mais la tête déformée. Un visage en face de lune et des yeux de grenouille. Une grosse bouche. Un énorme sourire venu de la Mongolie.

Une drôle d'idée m'a traversé la tête. Une idée de cochon dirait oncle Abel mais c'est peut-être à cause du rhum dans le baba ce feu dans mon ventre et partout. Je suis entré sur la pointe des pieds dans la chambre de madame Contini et là j'ai enfoui ma tête dans sa jupe et sa chemisette qui sentent son parfum mélangé de sueur et aussi dans sa petite culotte blanche très fine avec de la dentelle autour. Quel délice cette odeur avec sa chaleur encore dedans. Imaginer que ses poils roux ont touché le tissu ça me fait mourir.

J'ai enlevé mon short et mon slip et me voilà enfilant la petite culotte de madame Contini. Cette fois ma quique va éclater. Mais soudain on monte dans l'escalier. Des pas se rapprochent marche après marche. Des pas résonnent et claquent à la façon des pétards de carnaval. Des pas de femme pressée. Faudrait vite ôter le malheureux bout de tissu à dentelle et le jeter avant que madame Contini entre dans la chambre.

C'est trop tard.

Je m'étale par terre en perdant l'équilibre.

« Que fais tu là Marin ? » elle demande avec un froncement sur le nez.

Elle me regarde de toute sa hauteur. Elle est pourtant pas si grande mais moi je suis au sol à me débattre avec cette maudite culotte. Madame Contini éclate de rire. Un rire cruel qui bombarde mes oreilles. Je deviens rouge comme les tomates bleutées d'oncle Abel. Elle m'aide pas à me relever. D'un coup sec j'ai fini par déchirer le tissu et je me tortille pareil à un ver de mer qu'on ramasse à la Grande Côte pour la pêche. Je me rue sur mon slip et remets mon short à toute allure. Le rire de madame Contini va alerter Lisa. Je voudrais disparaître ou que quelqu'un m'assomme pour que je me réveille loin d'ici. Au lieu de ça elle demande :

« Ça va mieux ce genou ? »

Ses yeux brillent. Elle tient à la main un verre de vin blanc.

J'ai fait oui de la tête sans réussir à décrocher un mot.

« Alors viens retrouver Lisa. Tu vas lui chasser sa mauvaise humeur. »

Elle a parlé d'un ton très calme avec un éclair inquiétant dans les yeux. Un grain de folie douce. Elle dit aussi que je suis vraiment fort pour mon âge avec un petit regard en dessous. Je suis sûr qu'elle me dénoncera pas à oncle Abel. Elle fera pire. Elle dira rien à personne et elle me tiendra dans son regard fou avec du feu dedans.

32

Le lendemain matin on a entendu un grand coup de frein devant la maison puis un bruit de moteur furieux qui s'éloignait. Par la fenêtre de ma chambre j'ai vu Lisa sur le trottoir avec sa serviette de plage roulée sous le bras. Comme elle me souriait j'ai pensé que sa mère lui avait rien dit de mes exploits alors j'ai souri aussi et j'ai senti mon cœur léger.

« Si on allait à Foncillon ! elle a proposé.

— Maintenant ?

— Je veux que tu m'apprennes le dos crawlé. »

J'ai mis mon maillot. On a marché en passant par la corniche. Il faisait soleil. Le ciel était si bleu qu'on aurait cru l'été installé pour la vie comme le sourire de Lisa ce matin-là. Je lui ai dit que je me sentais immortel. On s'est mis à courir en imitant les mouettes. Des cris pointus sortaient de nos gorges. Je crois bien que moi et Lisa poussés par le vent marin on volait. Ses cheveux sentaient toujours le tabac. Il était tôt. Le bassin de Foncillon était presque vide. Rudy aidait un petit garçon à nager avec une ceinture de flotteurs orange. Lisa est entrée doucement dans l'eau d'abord sur le ventre puis elle s'est retournée en battant des bras et des pieds. Elle voyait plus rien à cause des gouttes qui lui tombaient dans les yeux. C'était le premier jeudi du mois. Les sirènes hurlaient et ça faisait comme des aiguilles qui nous rentraient dans la tête.

« J'arrête! elle a fait brusquement.

— Pourquoi?

— J'ai peur.

— Peur?

— Je m'enfonce dans l'eau et je vais étouffer. Des bras invisibles me tirent vers le fond. Et puis j'ai peur de me cogner contre le rebord.

— Tu risques rien j'ai répondu. Il suffit de jeter un coup d'œil sur le côté et tu vois tout de suite où tu es. C'est tranquille le dos crawlé. Tu peux respirer longtemps et tant pis si tu vas pas droit. C'est une nage où faut avoir confiance…

— Avoir confiance? Je te dis que j'ai peur! Si encore j'avais un truc pour voir derrière! »

Elle était debout dans le petit bain. Ses mâchoires claquaient. Elle s'est mise à tousser.

« C'est quoi ces histoires de bras au fond de la piscine j'ai voulu savoir.

— Tu vas te moquer de moi.

— Je te promets que non.

— Quand mon dos s'enfonce dans l'eau j'ai l'impression que je vais disparaître comme la noyée l'autre fois à Pontaillac.

— Mais elle nageait pas le dos crawlé!

— Je sais. Tu vois que tu te moques de moi.

— Pas du tout...

— Je veux m'en aller a dit Lisa d'un air décidé.

— Pour aller où?

— À la plage.

— Nager le dos crawlé?

— Sûrement pas! Y aura encore des bras au fond qui voudront m'attraper et en plus on voit moins bien sous l'eau qu'à la piscine.

— Ce que tu peux être trouillarde! C'est impossible des bras qui t'entraînent au fond ou alors c'est des pieuvres géantes comme dans *Vingt Mille Lieues sous les mers* qu'oncle Abel a en entier dans un gros livre aux pages plaqué or.

— Il a une pieuvre dans un livre?

— Non. Juste dans l'histoire. Et je t'apprendrai tout de suite que ces poulpes-là ils existent pas.

— Je m'en fiche. Je nage pas le dos crawlé et c'est tout. »

Elle claquait plus des dents. Ses yeux envoyaient une lumière brillante. J'ai cru qu'elle pleurait mais aucune larme coulait dessous ses paupières. On est allés à Pontaillac par la corniche et on a plus parlé de nager ni sur le ventre ni sur le dos. On a avalé les sandwiches qu'on avait prévus pour la piscine et aussi les tomates du jardin que j'avais lavées avant de les mettre dans un sachet plastique. Elles étaient tièdes quand je les ai retirées vers midi. J'ai croqué dans la première. Lisa a fini par rigoler en disant que je ressemblais à un clown avec le dessin rouge du jus et les pépins dorés qui me faisaient un maquillage. Après elle a dit que si elle nageait le dos crawlé elle serait mangée par une ogresse des mers invisible et monstrueuse. Lisa elle a toujours peur d'être mangée.

33

On dirait qu'il remonte la vieillesse à l'envers mon oncle Abel maintenant que Gladys remet de la vie partout à la cuisine et dans la maison même si elle reste pas souvent le soir et qu'elle a ses raisons. L'oncle grimace quand il a sa veine hémorroïde gonflée comme une chambre à air et sinon il recommence à blaguer dans tous les sens pour amuser d'abord Lisa. Il étire les mots comme des élastiques alors ça donne « ce sont des zanzibar » s'il parle de gens bizarres et s'il dit qu'il a acheté un truc à Bakou ça veut dire qu'il l'a pas payé cher. Ça en finit jamais ses numéros de pitre. Il est tellement distrait qu'il voit pas le temps passer oncle Abel. Parfois il enfile une belle veste couleur framboise et une cravate qu'il appelle une étrangleuse à rayures et le voilà parti à raconter des bêtises. C'est drôle à voir son numéro où il dit qu'un oiseau migrateur est un oiseau qui se gratte d'un seul côté. Qu'il préfère le violoncelle au violonpoivre ou le chocolat au froidcolat. Que si t'es malade guéridon ! Qu'enfin est le mari d'enfine. Puis il fixe son regard sur Lisa et lui demande si ça va madame Rapluie ? Il l'imite d'une petite voix qui répond « mais je m'appelle pas Rapluie ! ». Oncle Abel rêve d'écrire un dictionnaire qui commencerait par la fin des mots. Les mots en go comme fandango ou impétigo ou jeu de go. Les mots en or comme Poulidor ou l'huile Fruidor ou le Bosphore et le journaliste Fandor qui poursuit Fantômas ou mentor ou messidor qui était le juillet des sans-culottes et je souris en entendant « sans-culottes ». Quand il est de bon poil oncle Abel appelle son ami coureur le père Messidor et ça le fait bicher au vieux gars d'avoir un nom en or.

L'autre soir je les ai entendus qui parlaient du temps où ils étaient jeunes. J'étais à la fenêtre et ils pouvaient pas me voir à cause du auvent. Ils causaient doucement assis dans les chaises de toile. Le père Juillet se plaignait d'être veuf depuis plus de dix ans. Il disait que de toute façon à la fin sa femme elle faisait boutique du cul tourné. Ils avaient mis des glaçons dans leur verre de pineau blanc et jacassaient comme ça avec l'alcool qui leur tournait le sang. « Elle aimait plus la bagatelle. Pourtant elle était bien poumonée » répétait le père Juillet des regrets dans la voix en faisant un geste ondulé devant sa poitrine. « La vie est mal faite il continuait. Quand pour nous c'est le démon de midi nos femmes elles s'intéressent plus qu'à leur jardin. Et je te plante de la sauge par ici et je te plante des gentianes par là et je tournicote pour trouver un coin d'ombre pour les violettes et un mur au soleil pour les vigognes. Faut voir le soin qu'elles y mettent. » Il soupirait comme s'il avait grimpé en danseuse les côtes de Ronce-les-Bains. Oncle Abel se taisait.

Il devait penser à tante Louise. Sûrement qu'ils se touchaient toujours même avec leurs cheveux gris vu comment ils étaient collés avec de l'amour en pagaille. L'oncle a juste marmonné que dans l'appentis au fond du jardin il restait les sabots de tante Louise et ses gants de peau qu'elle mettait pour tailler les rosiers. Il les regarde chaque fois qu'il rentre là-dedans mais il a pas encore eu le cœur de les enlever et c'est Gladys qui s'y collera. Peut-être qu'il s'imagine rencontrer tante Louise ici au milieu des fourches et des géraniums juste rempotés dans l'odeur fraîche du terreau ou près de la bouteille de fine déjà ouverte et dont il est le seul avec sa force à pouvoir tirer le bouchon même s'il doit parfois y mettre les dents.

Après ils ont rêvé tout haut de la cuisine des femmes qu'ils regrettent. La cuisine ou les femmes ou les deux à la fois comme le navarin d'agneau avec les petits pois du jardin frais écossés et les carottes nouvelles et les navets tendres dans leur écorce mauve et rosés au milieu. Oncle Abel a dit des belles choses à propos du persil qu'il prononce avec le l au bout vu que c'est meilleur en disant le « persile ». Le père Juillet a lancé une blague sur le persil frisé mais j'ai pas tout entendu à cause qu'il a baissé la voix. Ils m'ont donné faim quand ils en sont venus à l'omelette mousseuse aux champignons sur un lit d'oignons roussis et cette fois encore oncle Abel a pas laissé une miette du mot oignon en disant bien oi-gnon et pas « ognon » comme les Parisiens et ceux qu'ont pas de goût. Avec cet oignon roux j'ai imaginé la tache sombre de madame Contini quand elle a pas de culotte. C'était bien leur faute après tout. Ils sont passés à l'ail au four qu'ils avalent brûlant en pressant sa peau pour extraire la crème fondante. Moi je suis resté bloqué sur les rousseurs de la mère de Lisa et leur conversation a glissé de mes oreilles car j'ai toujours une seule idée à la fois.

J'ai repris le fil quand ils attaquaient leurs souvenirs d'eau-de-vie de prune et de vieux cognacs qui ressemblent à une flamme enfermée dans une bouteille a dit oncle Abel. Par exemple un Courvoisier Grande Champagne ou un de ces Fins Bois qui envoient dans l'air le parfum des Anges. Ça m'a donné envie cette part des anges même si l'oncle répète à tout le monde que j'en suis pas un. De fil en aiguille ils sont arrivés aux sucreries et c'était un supplice d'entendre leurs souvenirs de pain perdu et de crème pâtissière et de chouquettes et de profiteroles ou de flans tièdes qui flageolent ou aussi de fine plaque de caramel craquant sur les entremets à la vanille avec de vraies gousses noires de Madagascar. Ils se sont échangé des adresses de mille-feuilles et d'éclairs au chocolat. La boulangerie de la rue Pierre-Loti pour les premiers. Celle qui descend vers le marché central pour les seconds. J'irai avec Lisa. Ça me fera des réserves de surprises pour les jours chagrins.

Le père Juillet et oncle Abel sont restés plantés jusqu'à la nuit. La vie filait entre leurs doigts et ils essayaient de la retenir avec des mots. Ou en rigolant de souvenirs anciens quand ils enflammaient leurs pets avec des allumettes. Après ils ont parlé plus bas. « Le difficile a marmonné le père Juillet c'est pas de plus le faire. C'est de plus y penser. » Puis il a continué : « Pour moi c'est foutu. Quand je me vois dans la glace on dirait une vieille tortue avec le cou ridé qui sort de la chemise comme d'une carapace. Tu parles d'un jeune premier! » Ils ont ouvert une bonne bouteille de Médoc pour finir en beauté.

« Un chef-d'œuvre a murmuré oncle Abel.

— Un chef d'œuvre qui se pisse » a dit le père Juillet.

Un hérisson s'était avancé sous le bananier là où on jette des épluchures et des croûtes de fromage après dîner. Le petit animal a tapé dans le tas avant d'aller se cacher sous un massif. Il est revenu trois fois pour emporter un bout de vieille mimolette qu'on appelle de la tête de mort et une belle peau de poire louise-bonne qu'oncle Abel avait découpée en une seule guirlande avec son couteau pointu. Ils étaient tous les deux sous l'auvent à contempler le spectacle sans un mot et moi aussi au-dessus d'eux. L'hérisson a vu trois enfants qui le regardaient.

34

C'est un cri immense. Il envahit chaque pièce. Sort par toutes les fenêtres. Remplit le jardin. Et la rue et la ville et l'univers. C'est un cri sans fin qui renverse tout sur son passage. Faudrait trouver le moyen de l'arrêter mais il continue maintenant qu'il a commencé. Il sort de la bouche de Lisa. De sa gorge. De plus bas encore. De son ventre. C'est ça. Un cri du ventre qui lui creuse un trou terrible. Oncle Abel a entendu depuis son dépôt et moi aussi qui ramassais les salades de Roger le potager. Le cri se rapproche vu que Lisa court et trébuche et ricoche. Tombe dans l'escalier. Déboule près du bananier. Retombe. Se relève et court encore. Elle ouvre le portillon sur la rue et la voilà sur le trottoir avec son cri qui gonfle les veines de son cou. Qui gonfle tout court et se prend dans le vent d'ouest chargé des tempêtes de la nuit. Plus fort que les sirènes. C'est un cri dernier cri comme ils disent dans les réclames. Un appel au secours et moi je suis derrière à crier aussi pour qu'elle arrête son cri et alors nos cris se mélangent. Le sien pour la terre entière et le mien rien que pour elle Lisa. Lisa !

Je l'ai rattrapée vers les rochers du Pigeonnier après une course folle le long de la corniche dans le soleil tout neuf du matin qui jette des reflets sur la mer. Le sable est encore froid. Lisa s'est assise et a rentré sa tête dans ses genoux en changeant son cri en larmes. Plus un son ne sort d'elle maintenant. Elle se tord. Elle se relève. Il me semble qu'avant le cri tout à l'heure le téléphone a sonné. Lisa a décroché. Puis le cri.

« Ma mère...

— Qu'est-ce qu'elle a dit ? »

Madame Contini a parlé de moi à Lisa ? Elle lui a raconté pour la petite culotte ?

« Faut pas croire ta mère ! j'ai crié.

— Elle dit qu'elle aurait préféré un garçon comme toi.

— Elle a dit ça ? »

Lisa cache encore sa tête dans ses genoux.

« C'est tout ce qu'elle a dit ?

— Après elle m'a raccroché. Ça te suffit pas ?

— Si si je réponds soulagé que madame Contini ait pas cafté.

— Tu te rends compte elle aurait préféré que je sois un garçon... »

Les mots de Lisa sont coupés de sanglots. Elle renifle. Hoquette. Manque d'air. Elle essaie de respirer normalement mais le cri lui barre la gorge et mes caresses sur ses cheveux font rien du tout. Elle a mal. Elle dit qu'elle voudrait mourir. Que sa mère l'aimera plus jamais.

Que tout est fini pour elle. Que vraiment la vie ça sert à rien.

« Tu as dix ans ! je dis à Lisa.

— Je suis maudite !

— Maudite ? »

Elle hausse les épaules.

« C'est à cause de mon père. Ma mère dit tout le temps qu'elle va le quitter et qu'on ira avec quelqu'un de plus gentil. Elle dit qu'elle m'aime bien plus que lui vu que je suis sortie de son ventre à elle.

— Il est méchant ton père ?

— C'est ma mère qui dit ça mais c'est elle la méchante. Elle dit que je salis la glace quand je me regarde dedans. Mon père lui il se fiche pas mal de moi mais il est pas méchant sauf quand il appelle ma mère madame Con alors elle lui répond monsieur Con. Ma mère elle arrête pas de me parler d'un monsieur qui s'appelle Roland et d'un autre qui s'appelle Jacques. Moi ils m'intéressent pas et je veux qu'on reste avec mon père même s'il est pas souvent là. Elle me parle de ça mais elle veut pas que je le dise à mon père quand il rentre alors je préfère pas être là quand il arrive. »

Lisa continue de trembler. Je fais comme quand on joue à serre-mi et serre-moi avec serre-mi qui tombe à l'eau et il reste Lisa contre moi avec ses larmes et ses frissons qui veulent pas finir. Combien de temps se passe ? Tout à l'heure la mer était très loin. Le sable était sec sous nos pieds. On entendait à peine les vagues. Maintenant on est presque dans l'eau. Le chagrin de Lisa a inondé la plage. Des enfants jouent. Des enfants comme nous mais on est plus des enfants moi et Lisa.

35

On a rien dit à oncle Abel. Il a rien demandé non plus. Avec la chaleur le cri de Lisa s'est évaporé. Ses larmes aussi. On est revenus à Pontaillac en se tenant la main. De vrais amoureux. Dans la rue j'avais sûrement l'air de crâner mais c'était tout le contraire. On a croisé mon copain Cyrille avec son père qui le suivait sur ses béquilles et son corps qui se démantibulait. Il a regardé droit devant lui quand il nous a vus. Lisa s'est rapprochée de moi car le père de Cyrille lui fiche la trouille avec ses gestes dans tous les sens et son sourire qui bave. Cyrille a dit « salut Marin ! ». Il en revenait pas de me voir avec Lisa. Elle tremblait encore. Je le sentais en serrant ses doigts. « Arrête ! » j'ai dit tout d'un coup comme quand on a le hoquet et que quelqu'un nous fait peur pour l'aider à passer. Elle a sursauté sur le trottoir mais sa main tremblait toujours. « J'y peux rien je fais pas exprès ! »

Il était tard pour aller chez monsieur Maxence. J'aurais aimé qu'il branche sa radio sur la météo marine pour qu'on écoute encore les histoires de mer d'Iroise et de golfe du Lion ç'aurait peut-être calmé Lisa. J'ai senti que c'était pas le moment de lui parler d'Afrique et de noix de coco car elle trouvait tout moche et pas intéressant. Elle touchait le fond et le mieux maintenant c'était de rester silencieux. D'attendre qu'elle demande quelque chose comme faire un minigolf avant le dîner ou manger une crêpe avec des flammes chez Judici mais elle voulait rien et même pas vivre.

Oncle Abel sait que le chagrin passe avec des jeux et des bonnes choses dans l'estomac. On a joué longtemps aux dominos. Au nain jaune avec des haricots blancs lisses et brillants. Au mistigri où c'est le valet de pique et on s'est arrangés pour que Lisa le tire jamais. On a joué au mikado et à tous les jeux des tiroirs. S'il avait pas été si tard on aurait sûrement attaqué un rami. Les œufs au lait d'oncle Abel commençaient à sentir bon dans la cuisine. Il est parti cuire son caramel. Quand il nous a appelés les sucres se liquéfiaient au fond d'une casserole. De grosses bulles crépitaient. Après il a tout versé sur le laitage. Les rides qui lui dégringolent des yeux jusqu'à la bouche sont devenues rondes sur ses joues comme des parenthèses. C'était drôle de le voir disant « attention c'est chaud » avec ses sourcils en circonflexes et ses yeux dessous comme des ô quand on écrit drôle ou pôle et ça lui va bien de dire pôle même quand il risque de se brûler. On a attendu que le caramel cristallise. Lisa aussi avait l'air cristallisée avec du chagrin qui lui collait partout. Oncle Abel nous a servi la crème dans des ramequins et il s'est mis à raconter des histoires pour passer le temps et les soupirs de Lisa. À la fin elle rigolait avec nous mais ça a bien pris jusqu'à onze heures du soir avant qu'on revoie un bout de son sourire comme le soleil transperce les nuages.

Dans la nuit ou près du matin elle s'est mise à gigoter puis elle a dit quelques mots alors ça m'a réveillé et elle aussi. On voyait le jour à travers les volets. Un petit jour pâlot qu'avait pas encore sa dose de lumière. J'ai allumé la lampe de poche.

« Qu'est-ce que t'as ? j'ai demandé.

— Je nageais.

— Tu nageais ?

— Le dos crawlé. »

J'ai ouvert les yeux plus grands. Elle était mouillée de transpiration et rouge avec ça.

« Je te jure. Je nageais et c'était bien. J'étais légère. Je sentais pas mes jambes ni mes bras c'était comme si je volais ou si j'étais une plume. Je battais des pieds. J'allais chercher loin en arrière avec mes mains et le petit doigt entrait bien le premier dans l'eau exactement ce que tu m'as appris.

— Tu nageais où ?

— À Foncillon. Ma mère plongeait pour me rattraper. Je me suis retrouvée dans la mer jusqu'au phare de Cordouan. C'était la nuit. Ton oncle Abel allumait les lumières du phare et toi tu étais à côté de moi et aussi Rudy. Même le père de Cyrille nageait en disant que son âge était tombé à l'eau avec ses cannes et son mal de jambes. Maud la petite Mongolienne nous avait rejoints. "Maud la maudite" s'étranglait ma mère. Mais là on était des sœurs et on se ressemblait. La bouche de Maud était devenue normale. Ses joues aussi. Ensemble on se laissait porter par la mer la vraie pas cette folle qui hurlait. On faisait même la planche. C'était magique. Dire que c'était juste un rêve... »

Elle s'est assise sur le lit près de moi la tête dans son oreiller. Bien sûr elle a parlé de madame Contini alors ça m'a complètement réveillé.

« Elle t'appelle comment ta mère? elle a voulu savoir du coq à l'âne.

— Je comprends pas.

— Ben oui elle te donne bien des petits noms. Moi elle m'appelle la petite poison ou la souillon ou la cousine à dégueulasse quand je mange une gaufre et que j'en mets partout avec du chocolat sur le menton et tout. »

J'ai cherché mais ça m'ennuyait d'en parler. Maman elle abuse des noms cucul.

« Tu veux pas me le dire?

— Si mais c'est trop bête je me suis défendu. Elle m'appelle mon bichon ou mon poussin ou mon canard alors que j'ai des vrais poils quand même. »

Lisa s'est étranglée de rire avant que sa toux la reprenne.

« Mon bichon! »

Le soleil s'accrochait aux rainures des volets. Sa figure est devenue sombre. Elle a dit que parfois elle cueillait des fleurs à madame Contini. Des pissenlits. Des pâquerettes et des fleurs bleues de chicorée. Mais à chaque fois sa mère les laissait crever sur la table sans une goutte d'eau. Elle voulait jamais sortir un vase pour ces petites horreurs.

Après Lisa s'est remise dans le silence puis elle a voulu savoir si j'avais des animaux à moi dans la Corrèze. J'ai répondu que j'avais un chien-loup qui s'appelait Giko mais il est mort l'an dernier à force de plus bouger. Mon père dit que ces chiens ça part du derrière avec de la paralysie jusqu'à la queue. Depuis j'en ai plus. Peut-être qu'y aura du nouveau quand je rentrerai des vacances. Ma mère m'a confié un secret sur des petits pointers qui iraient bien pour la chasse.

« Moi ma mère elle donne toujours mes chiens a dit Lisa. Elle trouve qu'ils sont trop gros ou alors qu'ils aboient que ça lui casse les oreilles. J'avais Miquette une bâtarde. Ma mère appelait ça une chienne de caniveau et un jour elle l'a donnée à une voisine pour ses petits enfants qui avaient eu leur chien écrasé.

— T'as pas pu l'empêcher?

— J'étais pas là. Elle a profité que j'étais à la danse. En rentrant elle a dit que Miquette était partie dans une villa de Saint-Palais sur un terrain plus grand où elle pourrait courir à son aise. Elle m'a dit que moi je l'emmenais jamais promener. C'était pas vrai. »

Lisa reniflait. J'ai voulu qu'elle mouche son chagrin et elle a pris un tire-jus comme il dit oncle Abel quand il éternue et qu'il fait trembler toute la maison en vidant son nez.

« Pourquoi la petite poison? j'ai demandé pour la changer d'idées.

— C'est à cause du bicarbonate elle a dit.

— Quel bicarbonate?

— Un jour j'ai empoisonné mon père et ma mère avec de la poudre blanche que c'est écrit bicarbonate sur la boîte. J'avais vu ça dans un film à la télévision avec une belle chanson qui dit "porque te vas". Une fille comme moi dont le prénom est Anna donne un poison à son père. Il meurt aussitôt après qu'il a pincé les fesses de la bonne et que sa femme a eu trop de peine. Moi j'ai mis la poudre dans leur bol de café et je voulais qu'ils meurent du ventre avec tout ce bicarbonate que j'avais trouvé dans l'immeuble à pharmacie.

— Dans le meuble j'ai corrigé. »

J'en revenais pas.

« Il s'est passé quoi après?

— Ma mère a senti que son café avait pas le goût de d'habitude et elle a prévenu mon père. Ils m'ont regardée tous les deux alors j'ai couru dans ma chambre mais ma mère m'a rattrapée et j'ai dit que c'était une blague. Mon père a vu la boîte de bicarbonate presque vide. J'ai été punie pendant des semaines.

— C'était quand?

— L'année dernière quand ma mère a donné Miquette. J'aurais bien voulu l'avoir au bicarbonate je te jure. »

J'ai attrapé une boule à neige que m'a donné oncle Abel l'autre jour avec un petit chalet et un traîneau enfermés dans le verre et des flocons qui tombent doucement.

« Tiens. Ça au moins elle te le prendra pas. »

Lisa m'a dit merci puis elle a remonté le drap jusqu'à son menton comme si elle avait froid. J'aurais cru voir madame Contini quand elle cache sa bouche dans le col de son chandail. J'ai ressenti des choses mais il existe pas de phrases pour les dire je crois. Ou alors j'ai pas les mots comme le docteur Malik qui les pêche à Tipaza.

36

Ce matin oncle Abel m'a fait tondre avec la coupe en brosse comme les champs de blé qu'ils laissent dans la Corrèze après le passage de la Massey-Ferguson. Ma mère a dû donner ses ordres et oncle Abel obéit à tout ce que dit ma mère vu qu'elle est la sœur de tante Louise et qu'il a toujours eu de la faiblesse pour elle. Lisa m'a accompagné au coiffeur. Madame Contini est pas venue la chercher malgré que c'était entendu qu'elles iraient se promener dans les magasins pour filles. Mais c'était avant le grand cri. Lisa a fait sa mauvaise tête et elle s'est bien moquée de la mienne quand elle m'a regardé dans la glace avec mes blés coupés. On est rentrés à la maison et en chemin Lisa m'a dit que son père a pris du ventre et sa mère un amant et c'est pour ça qu'elle a oublié de la récupérer chez oncle Abel. J'ai haussé les épaules. « Comment tu le sais d'abord qu'elle a un amant ta mère j'ai demandé. — Je le sais et c'est tout ! » elle a crié dans la rue jusque sur les toits. Je lui ai pris la main l'air de rien. Elle l'a gardée dedans la mienne. On a descendu

152

l'avenue de Pontaillac jusqu'au minigolf car cette fois elle avait envie de faire une partie. Ça me contrariait cette histoire d'amant. Moi j'aurais préféré sauter dans les vagues mais quand une fille a des larmes pas encore sèches faut lui obéir. On a pris deux clubs avec une boule blanche pour elle et une bleue pour moi. Je l'ai laissée écrire les points sur la planchette avec la grille de carton et le crayon de bois qui tient avec un élastique. Elle peut tricher sans que je regarde trop et comme ça je la laisse gagner. Quand j'ai passé du premier coup ma boule bleue sous le phare elle m'a dit que je l'avais beaucoup déçue au sujet de l'Afrique où on est toujours pas partis et que j'ai la trouille! Je me suis pas démonté la tête que j'avais déjà tondue et je lui ai répondu que d'abord j'avais bien repéré les Requins et les Dragons avec leurs grandes voiles sur la plage de Nauzan et qu'il faudrait trouver une occasion pour aller là-bas si elle me croyait pas. Ça lui a coupé le sifflet. Au bout de sept coups elle avait toujours pas passé sa boule blanche sous le phare. On a klaxonné dans la rue. C'était oncle Abel qui s'arrêtait devant le minigolf avec son fourgon. Il avait l'air content de nous voir. Il nous avait cherchés sur la plage du Chay où il croyait qu'on avait atterri après le coiffeur. Il a dit à Lisa que sa mère avait appelé et qu'elle passerait la prendre avant le dîner mais Lisa a fait comme si ça l'intéressait pas.

Oncle Abel nous avait préparé des petits sandwiches au jambon avec des cornichons qui dépassaient et aussi des tartines au fromage de chèvre frais d'une ferme de Saujon où il avait débarrassé un meuble le matin. Il avait dû trouver dur de se lever après leur soûlerie de la veille. Pourtant il avait un sourire de taille hamac à deux places et le Groenland cette fois fondait à vue d'œil sur sa trogne. Il a dit que Gladys reviendrait ce soir avec sa surprise alors j'ai répondu que c'était dommage que Lisa parte avec sa mère. Grâce à ses pouvoirs magiques Gladys aurait fait qu'une bouchée de la Roumanie de Lisa. J'en étais sûr et certain et c'est pour ça que c'était dommage. Lisa elle a rien dit mais j'ai vu dans ses yeux qu'elle était d'accord avec moi. Ça nous a réconciliés pour que je la laisse gagner.

Après le départ du fourgon et de la fumée noire derrière on a terminé le jeu puis on a couru à Pontaillac. Le sable brûlait. Surtout sur la pyramide qu'ils ont fait près du mur de pierre. On s'est jetés sur les pentes de la pyramide et ça chauffait si fort qu'on a eu des frissons partout et la poitrine toute rouge comme quand ma mère elle met des sinapisses qu'elle appelle des rigolos à la moutarde si j'ai la toux dans les bronches en hiver. On a fini par se ruer dans l'eau en criant comme des sauvages. Des petits avaient entraîné leurs mamies pour construire des châteaux forts contre la marée. J'avais beau les prévenir que ça servait à rien et que la mer gagnait à chaque fois. Ils continuaient sans s'occuper comme Lisa quand je lui parle et qu'elle m'écoute pas.

On a encore atterri dans le sable avec nos serviettes sur la tête pour pas attraper l'insolation. En se relevant pour acheter des chichis qui passaient sur une brouette on s'est mis à s'écouler comme le sablier dans la cuisine d'oncle Abel qu'était celle de tante Louise et qui sera un jour celle de Gladys si elle continue comme ça. Pendant qu'on payait nos chichis une voix dans le haut-parleur a dit qu'un petit garçon s'était perdu et que sa maman l'attendait au poste de secours. Un petit garçon de trois ans avec un maillot de bain rouge et un bob blanc et un paquet de Chamonix à l'orange s'il l'avait pas déjà tout mangé ou perdu en chemin. « Faut le retrouver ! a décidé Lisa en bondissant comme un ressort. Et puis j'adore les Chamonix » elle a dit aussitôt en me mettant dans les mains son chichi mordu et le papier gras avec. Je l'ai posé près de ma serviette et je l'ai suivie qui partait d'un pas résolu. Elle sentait bien vers où était parti le petit. « Les enfants qui se perdent à la plage marchent toujours le dos au soleil pour pas s'éblouir les yeux. » J'ai ouvert grand les miens. « Le dos au soleil ? Comment tu le sais ? » Elle a fait sa crâneuse en disant « je le sais ». Elle avait raison car il nous a fallu moins de dix minutes pour mettre la main sur le petit garçon avec son paquet de Chamonix très entamé. Le papier d'aluminium avec les traces de gâteau collées dessus faisait des reflets éblouissants. Lisa a dit au petit qu'on allait le ramener à sa maman mais il a dit non et il a voulu se sauver. Lisa a ri puis elle l'a grondé en lui expliquant que sa maman serait triste s'il revenait pas avec nous.

L'enfant s'appelait Luca. Il voulait pas revenir puisqu'il marchait vers le trampoline du club des Papous. Lisa lui a raconté qu'un jour elle aussi s'était perdue et qu'elle avait pas eu envie qu'on la ramène à sa maman. Elle avait l'air tellement sérieuse que le petit l'a écoutée en fronçant les sourcils. Après il a bien voulu nous suivre et on lui a donné la main jusqu'au poste de secours. Sa maman avait les larmes aux yeux. Elle l'a serré si fort qu'il a lâché son paquet de Chamonix. Lisa l'a ramassé. La dame lui a dit qu'elle pouvait en manger si elle aimait ça. On est revenus à nos serviettes. Lisa a tout juste mordu dans un gâteau à l'orange puis elle a laissé le paquet. Elle avait son regard buté du matin. « Ce soir quand ma mère viendra je vais me perdre » elle a dit. J'ai pas su quoi répondre. J'ai pensé que ce soir y aurait plus un rayon de soleil pour la retrouver.

37

D'habitude on est rentrés depuis longtemps. On a déjà attrapé un pot de confiture dans la porte du frigo. On a soulevé la rondelle de paraffine pour étaler de l'abricot translucide ou de la pêche blanche sur une tartine de pain. Mais cette fois on reste sur le sable. On est échoués pareil à des manchots sur la banquise moi et Lisa sauf qu'il fait une chaleur à cuire un œuf sur les rochers. Il paraît qu'ils font ça dans le désert. Je l'ai vu sur une diapositive de *Connaissances du Monde* cet hiver quand ils sont venus dans la Corrèze à la salle des fêtes avec leur appareil de projection.

Avec les ombres qui s'allongent sur le sable et la mer qui file doucement au loin la plage s'est vidée d'un coup. Les vieilles dames en chapeau ont plié les chaises en bois et les ont enfournées sous les tentes rayées qui ressemblent à des casquettes de géants ou à des boîtes rondes de caramels Batna. Ceux qu'on mâche sans pouvoir s'arrêter et qui font un jus marron dans la bouche. Les derniers parasols se sont fermés. Même au club des Papous ils ont mis la chaîne au trampoline. Il est tard maintenant. Un gars court avec son chien au bord des vagues. Le clebs aboie comme s'il voulait enguirlander la mer de partir au moment où il arrive. Il saute à contre-jour dans le soleil voilé. Des nuages bouchent l'horizon. On dirait un lâcher de ballons mais les ballons ressemblent à des chiffons pleins d'encre. « Si on partait » j'ai dit à Lisa. Elle est restée sur la pyramide de sable sans vouloir m'écouter ni me suivre. Elle fait non de la tête en remettant ses sandales. Elle fait non avec ses jambes et avec ses pieds et avec tout ce qu'elle a sur elle. Avec son collier au coquillage blanc percé et avec son bracelet de couleur. Non et non elle rentre pas.

« On a qu'à marcher jusqu'à Nauzan elle a décidé en bougeant enfin. — Pourquoi à Nauzan ? » Elle m'a regardé en soupirant : « On va s'abriter au carrelet de monsieur Archibouleau. Il a dit une fois qu'il le fermait pas. En tout cas moi j'y vais. » Elle a commencé à marcher vers Saint-Palais. Exactement à l'opposé de Pontaillac. Je vais pas rester comme ça. Si je repars chez oncle Abel je pourrai courir pour revoir Lisa. Elle va me traiter de poule mouillée ou de lâcheur. Ou elle va rien me dire et avec ses yeux qui deviennent noirs comme le ciel maintenant ce sera bien fini. Mais si je la suis là-haut ils vont s'inquiéter. L'oncle. Ses parents. Peut-être les miens des fois qu'on les préviendrait de notre disparition. Il fait encore jour alors on peut marcher jusqu'au carrelet de monsieur Archibouleau et là-bas je la persuaderai que c'est mieux de rentrer. Je trouverai les mots en chemin.

Le long de la corniche les lampadaires se sont allumés

d'un coup. La nuit a pris de l'avance avec cette montagne sombre dans le ciel. La girouette de la villa Rithé-Rilou tournait à se dévisser la tête. « Faut se dépêcher ! » a crié Lisa en entendant les premiers coups de tonnerre. On a couru. La pluie tiède s'est mise à dégouliner sur nos cheveux et jusque dans nos yeux. Tous les carrelets se ressemblent sous la pluie. On croirait des araignées avec de longues pattes et une petite tête. « C'est le vert ! a dit Lisa. — Non le jaune ! »

C'était ni l'un ni l'autre et on a continué en descendant sur les rochers. Avec ses sandales qui tiennent juste par l'orteil Lisa a dérapé et voilà qu'elle saigne à la cheville et aussi dans sa main gauche après qu'elle a voulu se rattraper. Un coquillage l'a coupée. Une coquille d'huître sauvage ou une moule bleue comme notre peur. L'orage roule des mécaniques. J'imagine que ces grognements de colère sont ceux d'oncle Abel. Des éclairs ouvrent le ciel. Dans son carrelet monsieur Archibouleau a du coton et de quoi désinfecter je me souviens. Lisa serre les dents. Pas moyen de lui tirer un mot. Juste des grimaces et des regards furieux sous ses mèches mouillées. Qu'est-ce qu'on va prendre !

Cette fois nous y sommes. Le portillon de la passerelle était fermé avec un cadenas mais on est passés dessus. C'est par la fenêtre qu'on a pu entrer en tirant sur un volet de bois. L'horloge de mer pointait presque neuf heures du soir alors j'ai crié : « C'est pas vrai ! » Je me suis consolé en me disant qu'avec ces éclairs on avait bien fait de venir s'abriter. Plus tard je raconterai ça à oncle Abel.

On a farfouillé dans le petit placard. On a déniché des biscuits Brossard un peu ramollos avec l'image de deux enfants à califourchon sur un zèbre. C'est moins bon que les Chamonix ronchonne Lisa mais elle croque dedans quand même. J'ai rien trouvé d'autre sauf un vieux bout de mimolette dur comme un rocher et c'est pas le moment d'aller se casser une dent. Voilà la boîte à pharmacie avec une croix rouge dessus. Il est bien organisé monsieur Archibouleau mais il sera sûrement pas content qu'on soit venus ici sans sa permission. Les coups de tonnerre nous font claquer les mâchoires. On s'est essuyé les cheveux avec nos serviettes. Maintenant on sèche. La buée recouvre les vitres du carrelet. Lisa la frotte avec sa main qui saigne pas. L'autre j'essaie de m'en occuper mais Lisa bouge sans arrêt. Elle chouine que je lui fais mal. « C'est pas moi qui te fais mal c'est la coupure. » Sur la tablette j'ai vu une bouteille sans étiquette avec un bouchon de liège pas trop enfoncé. J'ai senti. C'est du pineau ou quelque chose de ce genre. J'ai bu une petite gorgée au goulot et ça m'a chauffé. Dans les westerns avec John Wayne ils ont un flacon de whisky alors j'ai pensé que ça ferait l'affaire. J'ai dit à Lisa d'en boire une goutte. Après j'ai nettoyé sa cheville et passé du mercurochrome. Ça lui a fait des peintures d'Indienne.

38

« Tu dors ? » La voix a répété : « Tu dors ? »

On est sur une banquette arrière de voiture moi et
Lisa et c'est Lisa qui parle. La voix rauque de Lisa qui
me fait des frissons quand je l'entends. On est pas en
voiture. Seulement sur une banquette en mousse orange
que monsieur Archibouleau a installée dans son carrelet
pour faire un canapé tout neuf malgré les trous de cigarette sur les bords. Je me suis redressé. Comment on a
pu dégringoler comme ça dans le sommeil ? Peut-être la
bouteille d'alcool qui ressemble à du pineau mais si
c'était du rhum ? Le liquide est clair pour du pineau.
Dehors l'orage est parti. Les nuages ont disparu. Il fait
nuit. On est sortis sur la plate-forme. Des milliers
d'étoiles sont clouées dans le ciel. La lune brille. Une
énorme lune joufflue qui asperge la mer de lumière. On
se croirait le jour. Avec Lisa on regarde loin devant.
J'aperçois le feu de Cordouan. L'estuaire de la Gironde
et les grues du Verdon. Le bec d'Ambès. Soulac. Je
connais. Lisa reparle de l'Afrique mais c'est pas le

moment. À ma montre de plongée les aiguilles sont au garde-à-vous de minuit. On doit nous chercher. Voilà qu'elle s'est mise à pleurer de très grosses larmes et moi aussi par la même occasion pour l'accompagner au milieu du chagrin qui se met dans ses cils. Ça me serre la gorge de penser qu'on s'inquiète pour nous et que la police nous recherche. Oncle Abel doit se mordre les doigts de nous avoir laissés à la plage la journée entière. Je pense à Gladys et je me demande quelle surprise elle avait bien préparée pour la soirée. Elle est sûrement triste à présent et fâchée après nous. Fâchée après moi qui suis le plus grand.

Lisa pleure. On dirait qu'elle va pleurer tout l'océan. Elle dit que son père et sa mère s'en ficheront pas mal de ses bêtises. Je l'ai prise contre moi pour lui tenir la tête car elle la secoue avec sa peine qui coule de partout. Moi je pleure plus. J'ai de l'angoisse dans le cœur et je me demande bien comment on va sortir de là en pleine nuit. Les lampadaires éclairent encore la corniche. La lune brille de plus belle. Mais circuler comme ça si tard c'est risqué. Je dis à Lisa qu'on devrait se rendormir sur le canapé orange et qu'on rentrera chez oncle Abel avec le jour. Elle est d'accord. Pour la rassurer je lui promets que je me dénoncerai. Avant même qu'ils nous crient dessus je crierai « C'est moi qui ai décidé d'aller au carrelet ! ». Je crierai que j'ai forcé Lisa à me suivre car on avait peur qu'un éclair nous attrape. Je crierai qu'on s'est trompés de chemin. Qu'on a pris à gauche vers Nauzan et qu'après c'était trop tard pour faire demi-tour à cause des trombes d'eau. Lisa m'écoute. Elle fait des petits mouvements de la tête pour montrer qu'elle est d'accord mais elle veut pas que je me fasse attraper à sa place. On s'est rallongés sur le canapé et on a duré comme ça jusqu'au matin tout serrés d'amour et de peur. Je crois qu'on s'est embrassés du bout des lèvres. C'est le silence qui m'a réveillé. L'énorme silence de Lisa et rien à mettre dedans pour le remplir.

Après tout est allé vite. Des pas sur le ponton venaient vers la cabane. J'ai sursauté mais déjà monsieur Archibouleau était à la fenêtre avec sa bonne tête à travers le volet ouvert à répéter des nom de nom et des sacré nom de Dieu pendant que des mouettes passaient au-dessus en rigolant. Il nous a ramenés dans son auto et quand je l'ai remercié il a respiré près de ma bouche et m'a demandé pourquoi j'avais une haleine d'alambic. Il était six heures du matin. Monsieur Archibouleau avait prévu une séance de pêche avant sa baignade. Il a sonné chez oncle Abel sans nous avoir posé de question. Ça le regardait pas il a dit mais on leur avait fichu une sacrée trouille.

Lisa a braqué ses yeux sur moi. Alors ça venait mes cris? elle avait l'air de penser. Au lieu de ça j'ai foncé dans les bras d'oncle Abel qui les a ouverts sans broncher vu qu'on était principalement vivants.

39

On s'est plus vus moi et Lisa pendant belle lurette j'ai compté sept jours. Madame Contini l'a emmenée avec la voiture aux poneys furieux. Oncle Abel il a gueulé car il avait eu peur. Sinon il est resté le plus gentil possible pour éviter les cris de ma mère et les gifles de mon père qui serait monté à Pontaillac exprès pour ça s'il avait su et malgré les récoltes à finir. Depuis plusieurs matins je pars avec l'oncle pour ses tournées. Je l'aide à charger des fauteuils et des lampes et des porte-manteaux en bois et des cartons de livres qu'il regarde toujours long-temps comme s'il regrettait de pas pouvoir les lire sur place en se laissant tomber justement dans un fauteuil aux bras ouverts. Moi je pense à Lisa et je pense à l'écu-reuil roux entre les cuisses de sa mère alors pour me détourner l'attention l'oncle me raconte qu'il existe des mots mystérieux et très légers. Si légers qu'ils pèsent à peine quelques grammes et d'ailleurs ils s'appellent des anagrammes. Il en connaît plein qu'il attrape dans sa tête avec un stylo-bille et un morceau de papier. Le soir des fois ça lui prend des heures à remuer les lettres dans tous les sens comme mon père l'hiver avec la braise froide dans la cheminée. Puis d'un coup il dit « en voilà un beau ! » et c'est pareil que s'il avait pris un bar au bout de sa ligne.

Hier il m'en a montré un magique. Il a écrit les lettres du prénom Marie avec des majuscules pour faire MARIE. « Tu vois rien ? » il m'a demandé avec son sourire de quand il mijote une bonne blague. J'ai dit non de la tête. J'aurais préféré qu'il mette LISA au lieu de MARIE. Mais ça lui faisait plaisir de mettre MARIE et alors il a pris chaque lettre dans un autre sens et sur le papier il a marqué AIMER. Comme j'ouvrais la bouche de surprise il a continué avec une anagramme qui allait m'amuser il a dit. Alors il a écrit le mot NICHE en me demandant à mon avis ce qu'on mettait dedans. Et comme je regardais la bonne tête de Plouff il a pris l'une après l'autre chaque lettre de NICHE dans le désordre et ça donnait CHIEN. Cette fois j'ai crié à oncle Abel qu'il était un vrai prestigieutateur et dans sa fierté il m'a confié une autre anagramme en me demandant de pas le dire à ma mère ni à Gladys qui serait là demain soir car c'était une anagramme rien que pour les hommes et qu'il fallait bien avoir nos petits secrets. J'ai promis. Il a passé sa main dans mes cheveux d'hérisson puis il a écrit un grand mot mais pas un gros mot il a voulu insister. Un mot qui se dit PROSTITUÉE. J'ai regardé ce mot que j'avais jamais vu dont il m'a renseigné tout bas que le raccourci c'est pute mais là pour le coup faut vraiment pas se le mettre dans la bouche surtout devant les grandes personnes comme ma mère ou Gladys. Après il a encore remué les lettres dans le désordre et c'est sorti PIROUETTES. Il était vraiment très content et on a ri tous les deux mais j'ai senti mon rire s'arrêter dans ma gorge car ça faisait trop longtemps que j'avais pas vu Lisa ni madame Contini et sa fourrure d'écureuil j'en parle pas.

Aujourd'hui oncle Abel est resté avec moi pour avancer mes devoirs de vacances. Il a surtout voulu que je lise à haute voix un chapitre du *Dernier des Mohicans* et je me suis retrouvé à cheval le long du Grand Canyon. Il m'a dit que je devais aussi faire de la géométrie mais je déteste ça et quand faut tracer deux droites qui se coupent c'est moi qui saigne. Pourtant j'ai dû obéir. Pour me récompenser à la fin on a commencé une partie de scrabble. J'ai eu le droit d'ouvrir un dictionnaire à condition de lire les définitions histoire d'apprendre des mots nouveaux. J'ai mis « prodige » sur une case mot compte triple et c'était bien avec le p qui vaut trois et le g qui vaut deux. En regardant oncle Abel réfléchir j'ai vu que cette fois il était vraiment tout blanc des cheveux qui lui restent même si Gladys l'entraîne à être jeune. Ça le fait marrer quand il se passe la main sur la tête et qu'y a pas une mèche pour arrêter son front.

À la fin de la partie j'ai demandé à oncle Abel si on pourrait aller chercher Lisa chez elle demain ou bientôt. Il a rien répondu d'abord mais il pensait à quelque chose. Après il a dit « on verra ». Je sais bien que « on verra » dans sa bouche ça veut dire oui peut-être alors je suis rentré dans ses bras comme un petit taureau et je me suis senti retourné comme une anagramme mais très lourd avec du chagrin partout. Pour me consoler oncle Abel m'a proposé une partie de Monopoly. Il sait que j'adore y jouer surtout quand je peux rafler avant lui la rue de la Paix et les quatre gares. La partie a duré longtemps. J'ai construit des maisons et même des hôtels boulevard des Capucines où j'irai jamais de la vie. J'ai évité la prison où j'irai jamais non plus sauf si c'est avec Lisa. « Je me renfloue » a dit l'oncle vers la fin quand il a récupéré une rue jaune dont j'ai oublié son nom. « Je me renfloue ! » il a répété. Moi j'ai entendu « je me rends flou » et c'est vrai qu'il était devenu flou mon oncle blanchi palpant avec des tremblements son faux billet de 20 000 francs sur la case départ et la tête enfumée dans sa cigarette qui faisait une colonne sous la coupole du lampadaire.

C'était le début des malentendus comme quand oncle Abel disait à quelqu'un au téléphone « j'attends les chèques » et que je traduisais « j'attends l'échec » en guettant sur sa figure la marque de sa défaite. Ou qu'il demandait au fromager ambulant du chat-ours et que je m'inquiétais pour Grizzly avant de voir sur l'écriteau planté dans la croûte que c'était du chaource. L'autre jour le mot de marchandage revenait dans sa conversation avec un client. « Pas de marchandage ! » répétait l'oncle avec de la mauvaise humeur devant un lit en cuivre authentique. Je me suis demandé comment le bonhomme qui insistait pour un rabais pouvait être un marchand d'âge. De malentendu en malentendu je suis même passé aux images qui me font de la bizarrerie dans le crâne comme avoir des fourmis dans les jambes ou un chat dans la gorge. J'imagine que j'étouffe en avalant notre pauvre Grizzly avec sa queue pleine de poils dans ma bouche. Ce soir j'ai eu la chair de poule quand il a répété à un inconnu « j'ai besoin d'un modèle » et bien sûr j'ai traduit « j'ai besoin d'un mot d'elle » en pensant à Lisa ou peut-être à sa mère est-ce que je sais?

40

Hier matin j'ai voulu aller dire bonjour à monsieur Maxence. C'était pas mon jour et pas le sien non plus vu qu'il était mort dans la nuit. Sa femme m'a informé d'une voix de météo marine qu'il s'était éteint. J'ai imaginé qu'avant il était allumé comme un phare et que le bon Dieu avait soufflé dessus pfuit. Pour me consoler sa femme m'a dit qu'il était parti au champagne cordon rouge à petites gorgées lui qu'avait jamais bu de sa vie mais c'était le moment d'en profiter elle a répété. Un jéroboam qu'il a presque sifflé à la petite cuiller. Il a failli s'étouffer cent fois. Elle pleurait et elle riait à la fois c'était difficile de savoir. Elle m'a tendu une coupe avec un fond du jéroboam. Les bulles remontaient contre le verre. C'était tout ce qui restait de vivant de monsieur Maxence. Sa femme m'a embrassé et elle m'a dit qu'il fallait pas rester ici. Elle a fourré une chose enroulée dans mes mains. C'était la cravate bleue de son mari comme une langue de mer à s'attacher autour du cou les jours de grand vent. Mon cou était bien assez noué. Je suis rentré chez l'oncle et c'était reparti pour pleurer car j'avais peur des morts et ça faisait déjà deux cet été avec Jeanne Merteuil et son bébé dans le ventre si ça compte un mort entier. Dans le journal c'était écrit que monsieur Maxence était décédé d'une longue maladie et moi je dis que les longues maladies c'est ça qui rend la vie trop courte.

Deux jours après monsieur Maxence il était sapé comme un milord avec un costume noir et une cravate rouge qui éclatait dans son cercueil avant qu'ils fassent brûler tout ça au crématoire. Il a fallu trois plombes mais il valait bien la peine qu'on l'attende monsieur Maxence vu qu'il est devenu de la poudre pareille au chocolat Van Houten mais en gris à cause de ses cheveux. Cette fois il était rasé de frais y avait pas une touffe de poils en bataille sur ses joues ou près de ses oreilles et ce coup-ci il avait pas été gêné par le bruit du rasoir. Sa femme était devant la cérémonie avec des oncles et des cousins et tout un tas de gens qu'on connaissait pas moi et Lisa. Oncle Abel était venu juste pour la sympathie même s'il savait rien de monsieur Maxence. Un homme à l'air très grave a donné un grand pot à madame Maxence dont j'ai jamais entendu le prénom. Les gens qu'on connaissait pas l'ont aidée à le porter puis on est entrés dans les voitures en route pour la pointe Espagnole. J'ai attaché la cravate de monsieur Maxence qui s'est déroulée jusqu'à ma braguette magique comme il a dit oncle Abel pour me détendre. Là-bas nous attendait une barque de pêcheurs. Des touristes prenaient l'ombre sous les parasols géants de la Cabane du Bédouin. Ils nous ont regardés passer avec le grand pot. Il devait être deux heures de l'après-midi et le soleil chauffait la mer comme une plaque en fer. On a pris place à bord de la barque. Elle avait un nez pointu qui cassait les vagues. On a filé vers les bancs de sable là où glissent de minuscules poissons impossibles à attraper. Là où on joue à Robinson au milieu des baïnes remplies d'eau chaude à marée basse.

On voulait tous être à l'arrière de la barque pour regarder la femme de monsieur Maxence envoyer sa poussière sur la mer. Le capitaine a demandé que certains aillent devant et sur les côtés pour pas couler à pic. Moi et Lisa on est restés. Tout d'un coup avec le vent qui tourbillonnait on a reçu des cendres de monsieur Maxence sur la figure comme s'il avait voulu faire un dernier signe rien qu'à nous. On a jeté des fleurs blanches et au retour le capitaine a mis un coup de filet pour pas dire qu'il était sorti pour rien. Ça faisait une traîne de mariée ce chalut clair dans l'eau transparente. J'ai pensé à Noces à Tipaza de monsieur Albert vu que ça se passait aussi dans une mer couleur ciel et on s'est dit avec Lisa que monsieur Maxence il s'était marié avec l'océan et c'est pour ça qu'on avait des larmes salées sur les joues. Les grands disaient Adieu Maxence Adieu. J'ai fini par détacher ma cravate qui flottait dans le vent et je l'ai jetée à l'eau. Le bleu du tissu s'est mélangé avec le bleu de la mer dans une impression sensationnelle. Une fois à terre on a dit au revoir à tous et même aux gens qu'on connaissait pas. Sur la plage un chien était bizarrement monté sur un autre chien. Une vieille dame qui passait a ricané c'est la vie qui continue.

41

Gladys est revenue chez oncle Abel et c'est une bonne nouvelle pour la vie. Elle connaît pas la tristesse Gladys avec son sourire accroché comme du lierre à sa figure et sa voix qui chante et ses seins qui se promènent devant nos yeux en sautillant. Quand elle reste le soir oncle Abel invite le docteur Malik à dîner. Ils aiment bien parler ensemble des soleils de Constantine et du Sud-Ouest pour savoir lequel est le plus chaud. Aujourd'hui c'est la fête dans le jardin. J'ai raflé des feuilles de menthe pour le thé. Gladys a amené sa surprise. Une petite chatte tigrée qui s'appelle Dina et qui poursuit son ombre contre le mur de la maison. Elle a les yeux verts pareils que la toile des chaises longues. Elle écoute rien du tout. Grizzly la regarde par en dessous quand elle mordille un brin d'herbe ou qu'elle saute comme un ressort après un papillon. Plouff lui renifle le derrière mais elle se laisse pas faire alors elle envoie sa patte dans l'air avec les griffes en éventail et Plouff couine un peu. Dina court se percher sur le tronc du cerisier et miaule pour qu'on la redescende.

172

Gladys a cuisiné des lentilles corail avec plein de coriandre. Elle a servi un poisson baliste qui nous vient d'Afrique avec une peau tellement épaisse qu'on pourrait se tailler un maillot de bain dedans rien qu'en la découpant à la pointe du couteau. « La prochaine fois je préparerai un couscous au bar » elle a dit. Malgré qu'on avait plus faim on a pensé à la semoule blonde et aux pois chiches et à la sauce piquante. Et aussi aux courgettes entières toutes molles d'avoir cuit dans le gros faitout. En prévision Gladys a mis à table des piments qui nageaient dans l'huile d'olive et que le docteur Malik a avalés dans un grand bruit en disant qu'il suçait son enfance jusqu'au trognon. Il avait la larme à l'œil. C'était des piments rouges qui emportaient la gueule en rendant les souvenirs. Oncle Abel m'a chipé le morceau de pain que j'avais laissé de côté. « Pain sur table n'a pas de maître » il a tranché. Tout le monde a rigolé. Moi j'ai eu droit à un verre d'eau rougie. Oncle Abel est d'accord que faut jamais boire de l'eau pure. Le docteur Malik jure qu'avant on buvait pas non plus de vin pur et que des fous y mettaient parfois de l'eau de mer pour le couper. « De l'eau de mer! » a répété oncle Abel dégoûté.

Après le dîner l'oncle a allumé des bougies et il a montré l'arbre génialogique qu'il a commencé à ses moments perdus. Ça lui prend du temps à cause justement de tous ces génies de la famille mais pour la logique il repassera avec les branches dans tous les sens et vas-y que je te mets des belles-mères et des belles-sœurs et des belles-filles et des cousins de la fesse gauche. Il raconte que son père Léonce qui était aussi mon grand-père avait appris à lire dans l'almanach des postes et qu'il a hérité de son goût des jeux de mots. À l'époque il aurait préféré hériter de ses propriétés mais tout a été vendu. Le vieux avait bouffé la grenouille et c'est dommage car sa terre à lui était amoureuse. Ça veut dire une terre bien tendre pour la labourer et pas ces croûtes qu'ils ont en Corrèze où mon père se casse les reins dessus. Je vois pas ce que manger des grenouilles vient faire dans cette histoire. Je lui demanderai quand le docteur Malik sera parti. Faut jamais parler des choses de famille avec des étrangers il paraît que. Moi j'ai jamais vu une terre amoureuse mais c'est vrai que j'ai pas tout vu à juste treize ans quoique j'en sais déjà pas mal sur les amoureuses et le moelleux qui va avec.

Ils ont ouvert une bouteille de l'Entre-deux-Mers. Oncle Abel a crié « sentez! » ou « santé! » allez savoir ce qu'il raconte quand il écrit les mots dans l'air. Il a plus parlé comme l'autre soir de l'odeur de couille car y avait une femme et un enfant à bord de la soûlerie. Il a planté son pif au fond du verre et il est remonté avec des parfums de pistache de groseille et d'amande que je me suis demandé où il allait chercher tout ça. Ses lèvres brillaient dans la flamme de la bougie. La petite chatte bataillait contre son ombre. Il a ri d'un grand rire et le docteur Malik s'est mis dans ce rire et Gladys pareil comme on se jette à l'eau ou dans l'Entre-deux-Mers. J'ai sauté aussi dans la rigolade et j'en avais jusqu'au cou de nos éclats de rire et du papi Léonce qu'avait bouffé la grenouille et de l'arbre des génies de la famille tuyau de poêle. Même le petit Noir sur l'étiquette du vinaigre

Negrita s'en payait une bonne tranche et aussi le garnement de la boîte Cérébos qui coursait une poule en versant des grains de sel sur sa queue. Les choses riaient autour de nous. Les étoiles dans le ciel. « Sentez ! » « Santé ! » La casserole de la Grande Ourse dans le feu nocturne. Les bateaux qui jouaient à touche-touche dans le port. Les planètes à cœur fondu dont ils parlent dans les *Tout l'univers*. J'ai pensé à Lisa et à nos rêves d'Afrique. J'ai pensé à sa mère et à l'écureuil apprivoisé de ses cuisses. Ma quique tout d'un coup a fait le Turc et j'ai arrêté de rire cul sec. J'ai filé dans ma chambre où oncle Abel a branché un électrophone. J'ai écouté le 45 tours de monsieur David Alexandre Winter qui s'appelle *Oh lady Mary* et ça m'a porté loin dans la nuit vu que le bras du pick-up revenait toujours au début comme un nageur de crawl. Du coup j'ai repensé à Lisa. Je lui apprendrai cette nage et même sur le dos pour qu'on regarde ensemble la Voie lactée quand on glisse sur la mer.

Le matin je me suis levé tôt. J'avais du sommeil plein les yeux mais j'avais envie d'aller me baigner. Les chats dormaient en pelote l'un contre l'autre et tous les deux dans les pattes de Plouff qui m'a regardé avec l'air de dire je viens pas avec toi pour pas les réveiller. Oncle Abel roupillait encore. Gladys était restée pour nous préparer des œufs au lait. Elle l'avait annoncé la veille en lançant un clin d'œil à l'oncle. J'ai mis mes sandales et je suis descendu sur la plage de Pontaillac. La lune était pas couchée. Elle ressemblait à un bonbon à la menthe. Un bonbon sucé par les anges et transparent dans le ciel bleu. Les tentes étaient fermées comme des parapluies le long de leur piquet. C'était huit heures. En se retirant la mer avait abandonné des algues et une gueule de congre avec ses dents pointues. Le phare de Cordouan se tenait droit sur l'horizon pareil aux plus grands cierges dans les églises. Un bateau filait vers le Verdon. Derrière c'était Andernos Lacanau le Cap-Ferret. Des noms que dit souvent oncle Abel quand il parle du temps qu'il était drôle. La marée avait ramené des milliers de petits coquillages et j'avais l'impression de marcher sur des biscottes. Dans la laisse de mer j'ai trouvé une tête de poupon aux yeux décolorés. J'ai shooté dedans et puis j'ai repris mon exploration. Une sandale qu'on appelle méduse. Des os de seiches qui ressemblaient à de petites planches à voile sans voile. Et aussi des débris de crabes. Des morceaux de verre tout verts. Un tube de crème à bronzer tout vide. La mer était pleine à ras bord. Un gros lard au dos très poilu est arrivé avec une petite serviette sous son bras. Il l'a déroulée dans ce qu'il restait de sable sec puis il est parti à l'eau en rentrant dedans à reculons avec sa brioche sortie. Les vagues sont venues s'écraser contre son dos et lui il campait debout comme les colosses dans les livres sur les Grecs. J'ai voulu faire pareil mais un rouleau m'a déraciné les pieds et je me suis retrouvé à manger du sable. Avec l'heure qui passait les gens sont venus se tremper. Le soleil se prenait pour un richard tout seul dans son ciel bleu. Un avion a survolé la mer très bas tirant une annonce pour les soldes chez Miramar mais je sais pas ce qu'ils vendent moi chez Miramar. Une femme est ressortie de l'eau en criant qu'elle s'était fait piquer par une méduse puis une autre après elle et un garçon de huit ou neuf ans qui pleurait en se tenant la cuisse. Un maître nageur s'est pointé avec des lunettes de soleil miroir sur le nez. Ça lui faisait une tête de mouche. Des gens se sont amenés près de lui. L'homme au dos poilu a dit qu'il avait rien vu rien senti et tout le monde a couru vers sa serviette pour faire des mots croisés ou des châteaux de sable ou jouer au Jokari. Ou penser à rien.

La matinée a avancé comme ça. Vers l'heure du déjeuner oncle Abel est arrivé avec l'improviste et un pan-bagnat que Gladys avait préparé pour moi. J'ai dit que j'avais pas encore faim mais quand j'ai senti l'odeur de l'anchois et de l'huile et que j'ai vu le jaune d'œuf bien jaune alors j'ai mordu à pleines dents. Oncle Abel est resté assis un moment. Il avait sa salopette bleue des jours de tournée. J'ai regardé ses mains avec leurs taches caramel comme sur les joues de Lisa et que lui appelle des fleurs de cimetière alors ça me fait froid même dans la lumière de midi à Pontaillac. Je lui ai parlé du maître nageur qui flambait avec ses lunettes aux verres miroir et du colosse qui rentrait dans l'eau à reculons. Il m'a dit que Gladys avait préparé une crème à la vanille mais que Dina avait trempé sa patte dedans quand elle était brûlante. J'aurais bien aimé qu'il me donne des nouvelles de Lisa s'il en avait ou alors de madame Contini. Au lieu de ça il m'a expliqué ce que ça veut dire « manger la grenouille ». Je lui ai demandé pourquoi il passait tout ce temps dans son arbre génialogique. Il a pas répondu de suite. Après il a dit qu'on nous donne la vie mais qu'à la fin il faut la rendre et qu'un jour aussi faudrait quitter cette maison qu'on aimait. Comme je comprenais que dalle il a voulu que je termine mon pan-bagnat et on a plus rien dit sur les grenouilles ou sur la vie qu'on doit redonner car ç'avait pas l'air de lui faire plaisir et à moi non plus d'ailleurs en passant. On était assis au milieu de la plage. Je me suis rappelé du film en super-huit qu'il avait tourné à l'été 71. On voyait ma mère et tante Louise en festival de Cannes comme il disait. Elles marchaient vers l'eau en faisant des manières de pin-up avec leurs yeux et bronzées comme des petits pains surtout la tante Louise qui portait son bikini. C'était ici exactement sur le sable. Tante Louise souriait à maman. Tante Louise était vivante mais à la fin elle a tout redonné de son sourire et du reste à cause de sa rupture. Oncle Abel s'est mis à parler d'elle comme ça sans raison. Il avait lu dans mes pensées pourtant il avait pas bu dans mon verre. « Le jour de sa rupture ta tante… » il a commencé. Il a eu tellement de mémoire tout d'un coup. Ses souvenirs se faisaient la malle pareils à du sang quand on se coupe le doigt. « Ta tante elle venait de cuire des langoustines de la Côtinière. Des merveilles à la tête remplie de rouge. Elle cuisait ça comme un chef avec une chair qui fondait sur la langue et une petite sauce huile oignons et persil plat. » Il en avait l'eau à la bouche rien que d'y penser à tante Louise et aux langoustines pêchées la nuit même dans les passes d'Oléron. Et aussi aux crudités qui embaumaient le basilic. « Quand elle a été partie j'ai tout nettoyé dans la cuisine. La planche en bois pleine de pelures avec le couteau en bataille qui ressemblait à un idiot. » Maintenant on voit plus rien de tante Louise sur le sable de Pontaillac. Reste oncle Abel avec ses fleurs de cimetière sur les mains.

42

Madame Contini a téléphoné ce matin. Lisa est malade avec de la fièvre mais rien de contagieux. Elle a été punie plusieurs jours. Maintenant sa mère veut bien qu'on se revoie. Si ça me fait envie elle passera me chercher. J'ai dit oui et la Mini a stoppé devant la maison. Elle parle pas de l'autre fois avec sa petite culotte. Elle parle de maintenant et de la fièvre de Lisa. Un petit refroidissement ou trop de soleil ou trop de bains de mer du matin au soir il faudrait penser à se reposer les enfants. J'ai grimpé les marches de marbre en veillant à pas trébucher.

Un brouillard de chaleur plane sur la mer et partout. On voit juste un disque dans le coton à la place du soleil. Les bateaux ressemblent à des fantômes et les gens aussi. Madame Contini a mis un col roulé pourtant il fait bon. « Depuis mes trente ans j'ai froid » elle dit. « Je crois que Lisa dort » elle dit encore. C'est vrai. Par la porte j'aperçois sa tête enfoncée dans l'oreiller. Ses mèches sur la figure. Ses yeux fermés. Sa bouche entrouverte pour respirer. « Viens » chuchote madame Contini. On monte à son étage. Je tremble à l'intérieur car c'est là qu'est sa chambre et la salle de bains. « Tu aimes la musique? » J'ai fait oui de la tête qui me tourne et devient lourde. On est entrés dans sa chambre. Elle m'a dit de m'asseoir au bord du lit. Elle veut me faire écouter des disques qu'elle aime en attendant que Lisa se réveille. « Elle va se réveiller bientôt? je demande inquiet. — Bientôt. » Madame Contini a peint ses ongles en rouge. Ça fait pareil à des taches de sang sur ses doigts. « Maintenant j'ai trop chaud » elle soupire en branchant le ventilateur qui se met à ronronner. Faudrait savoir si elle a froid ou chaud. Les hélices en métal font s'envoler la cendre de la cigarette qu'elle vient d'allumer. Elle ôte enfin son pull. Je vois ses seins dressés. Leurs petits boutons roses et durs. C'est plus une ancienne Miss mais deux et quatre et cinq. Son reflet se multiplie dans le miroir à trois faces moi je suis fort en multiplications. Je la regarde sous toutes ses coutures. Je la mange des yeux. Elle se plaint à nouveau du froid. Mais quel froid? Ses lèvres remuent. Elle est belle.

Le saphir fait craquer le 33 tours sur l'électrophone. « C'est Mahler. » Malheur? À son tour elle me regarde. Je suis assis au bord du lit à guetter la porte entrouverte si jamais Lisa entrait ou appelait de sa chambre. Madame Contini a une jupe courte et des bas noirs. Des souliers à talons. Elle marche en écoutant la musique. « Tu aimes? » Elle veut savoir. « Oui j'ai réussi à dire sans pouvoir me détourner de ses seins qui me regardent on dirait. — Marin tu es un garçon très gentil. Si j'avais eu

un fils je l'aurais voulu comme toi. » Je rougis sûrement
vu que ça me picote sur les joues. Elle parle de son mari
qui est un sale type et de Lisa qui est une petite égoïste.
Elle dit ça d'une voix qui caresse mais j'écoute pas. Je
veux pas entendre et c'est faux que Lisa est une égoïste.
Par la fenêtre le voile de brouillard enveloppe les arbres
du jardin. Madame Contini marche vers moi. Elle a
poussé mes épaules pour m'allonger à demi sur son lit.
Maintenant elle veut que je regarde. Elle soulève doucement sa jupe. Dessous je vois sa fourrure rousse entre les
bas noirs. « Respire ! » elle dit. Elle approche encore. Ça
sent la même odeur que l'autre jour dans la dentelle
mais plus fort. Avec d'autres parfums inconnus. Elle
avance si près que j'ai pas besoin de loupe comme quand
je regarde les timbres de Polynésie avec les filles aux colliers de fleurs autour du cou et rien sur les seins. J'ai
envie de promener mes mains mais elle m'arrête. « Juste
avec la bouche. » Avec la bouche ? Je sens son poids sur
moi et ses jambes qui me serrent. On dirait le corail
d'une coquille Saint-Jacques avec un goût de mer et de
sel et d'algue tiède en fin de journée quand le soleil a
cogné dur. Un goût d'huître avec une petite perle qui
joue à cache-cache sous le bout de la langue. Elle me dit
de la chercher. Je brûle. Je recule et je vois au milieu de
la fourrure une sorte de fleur. Une rose fanée aux pétales
ouverts par ma langue.

C'est obligé ma quique va exploser. La première fois
qu'elle s'est dressée comme ça j'avais six ans. J'ai crié à
ma mère « ça s'allume, ça s'allume ! ». Ma mère a ri et
aussi mon père le soir quand elle lui a raconté. Je reste

étendu sur le lit. Mes pieds touchent encore le sol et pourtant je vole. Ma langue s'enfonce doucement au fond de madame Contini. Elle ferme les yeux et soupire très fort. Je lèche comme un jeune chien encouragé par sa voix rauque et douce pendant que ses mains soulèvent ma nuque et m'amènent à elle.

Madame Contini a ôté tous les boutons de ma chemisette. Elle caresse ma poitrine puis descend sur le ventre. Je sens ses doigts et ses ongles rouges qui glissent.

« Tu es costaud mon salaud elle dit encore. Les bras musclés avec ça et de vraies épaules de déménageur pour ton âge.

— C'est à force...

— Chut » elle a dit.

Après elle a parlé de mes tablettes de chocolat. J'ai pas compris. Puis une grande lumière a éclaboussé la chambre. Le soleil a déchiré la brume d'un coup. Un morceau de ciel bleu est entré dans mes yeux. Madame Contini a baissé sa jupe. « C'est fini. » Elle s'est levée brusquement. « Je vais tirer les rideaux dans la chambre de Lisa. Il faut qu'elle dorme. » Elle a allumé une autre cigarette. Je respire la fumée. Je garde un goût dans la bouche. Meilleur que tout. Elle a dit que c'était bon tout à l'heure avec ma figure qui pique pas comme celle des hommes. J'ai pensé à monsieur Contini. Est-ce qu'ils font la même chose la nuit ou alors en plein jour quand le jour se noie dans le brouillard ? En tournant la tête sur le côté je me suis cogné au sourire de la petite mongolienne. L'ex-Miss Pontaillac a suivi mon regard.

Lisa m'appelle. Madame Contini a renfilé son pull et mis un autre disque qui parle de chagrin d'amour. Elle me chasse d'une tape dans le dos. « File vite voir Lisa. Elle doit aller mieux après tout ce sommeil mais surtout ne la fatigue pas Marin et ne va pas lui raconter des histoires à dormir debout. Moi aussi je garde nos petits secrets tu vois ce que je veux dire petit salaud. » Je descends l'escalier un bruit infernal dans le crâne. Mon cœur me monte à la tête. Je vais mourir. Lisa m'attend sur son lit. Elle me demande si demain on ira nager le dos crawlé. Même si ça lui fait peur et qu'elle va pleurer elle a envie d'essayer encore. Sur sa table de nuit trône une boîte remplie de berlingots. « Prends-en un ! » elle dit.

Non merci.

Je veux pas perdre le goût qui me reste en travers de la gorge.

Le soir chez oncle Abel j'ai demandé ce que c'était les dominos ou les tablettes de chocolat. Il a soulevé son tee-shirt en rentrant son ventre. Ça lui a fait un creux au lieu d'une bosse puis il a tambouriné dessus comme Tarzan. « C'est les abdos mon grand. Les abdos. Touche-moi ça si c'est dur. » Sous son bide j'ai vu des carrés de muscle qu'étaient pas en chocolat. À table on a eu du poisson de la marée sur un lit de petits oignons grelots. Rien que des choses légères et aussi des frites au couteau. Moi j'ai gardé madame Contini dans la bouche mais c'est elle qui m'a dévoré.

43

C'était plus fort que moi. Dès le réveil fallait que je revoie madame Contini et même que je la touche. Que je sente son ventre que je caresse son écureuil. Mon cœur voulait sortir de mes côtes et ma bouche était sèche comme le désert du docteur Malik. La vie était tout entière dans la fourrure de madame Contini. Dans sa poitrine brûlante et sur son cul pareil à un abricot avec du duvet dessus et mes excuses pour le mot cul. Je suis parti sans rien avaler. Oncle Abel était déjà sur les routes. Lisa avait sa leçon de tennis. Cette fois madame Contini s'est ouverte bien comme il faut pour ma quique. D'abord elle m'a appris à enlever son soutien-gorge en décrochant l'agrafe. J'ai pris ses seins dans mes mains. C'était à mourir. Elle a soupiré encore très fort à faire peur et quand elle a crié j'ai cru qu'elle pleurait mais elle a dit continue alors on est restés comme ça longtemps et c'était comme si on avait nagé tout au fond de la mer sans plus jamais remonter.

J'ai fini par m'endormir. J'ai rêvé que madame Contini

pédalait sur un vélo le long de la corniche. Elle était loin de moi mais elle s'approchait lentement et plus elle approchait plus elle rapetissait à vue d'œil et c'était Lisa ou pire la petite mongolienne. Je me suis réveillé et c'était toujours madame Contini contre moi. Mais j'ai vu Lisa et ses cheveux blonds et son regard bleu. J'ai entendu la voix de Lisa. Je me suis reculé d'un coup et puis j'ai compris que non j'étais bien avec Miss Pontaillac 1964 qui me souriait d'un air d'avoir gagné la guerre.

« Quel âge tu me donnes ? elle a demandé.

— Je sais pas. »

Elle a attrapé un crayon de papier qu'elle a essayé de coincer sous son sein gauche. Le crayon a dégringolé par terre aussitôt. Elle a souri encore.

« Quand le crayon tiendra c'est que mes seins tomberont » a dit madame Contini.

Sur la platine Marie Laforêt chantait « viens, viens ».

« Elle est née à Soulac comme moi s'est réjouie madame Contini en revenant sur le lit. Elle s'appelle Maïtena et pas Marie.

— Vous c'est Agnès et pas Anna ? » j'ai demandé sans faire exprès.

Elle a ouvert grand ses yeux mais elle a pas répondu. Je me suis allongé sur elle et on est repartis dans les eaux profondes. Ses ongles ont déchiré mon dos. Elle a répété « petit salaud » puis elle a dit « doucement doucement ». Sous ses bras ça sentait fort comme sa fourrure. Ses lèvres tremblaient. Sa bouche cherchait ma bouche. Ses yeux ont roulé de l'autre côté pareil que si elle s'était évanouie car y avait plus que le blanc entre ses paupières.

« J'ai le vertige » elle a dit tout bas. J'ai senti qu'on tombait tous les deux. Elle faisait plus jeune que son âge et moi beaucoup plus vieux.

44

Madame Contini a disparu depuis trois jours. Lisa reste chez nous avec oncle Abel et moi et parfois le docteur Malik qui laisse son parfum de jasmin dans la maison et ses souvenirs du temps de Constantine. Comme si la brocante servait aussi à déposer des morceaux de mémoire qui font mal. Le docteur Malik il doit pourtant avoir des aspirines quand ça lui cogne la tête dans son Adjérie. C'est sûrement à cause de tous ces poissons sur le port ou des palmiers qu'ils ont plantés vers Suzac ou alors juste à cause du soleil qui lâche les ombres seulement tard le soir. Avec Lisa on a la peau brûlée qui pêle-mêle sur nos bras. Par moments je lui demande elle est où ta mère et sa réponse c'est de hausser les épaules.

Le matin après le petit déjeuner on prend nos serviettes. Tant pis pour la digestion vu qu'on crève de chaud. Si on est feignants on se laisse seulement descendre jusqu'à la petite plage du Chay qui ressemble à un rocher creusé sans un poil d'air à l'horizon. Quand on veut des vagues avec de l'écume blanche et les glaces de chez Judici juste derrière on pousse jusqu'à Pontaillac. On a tout ce qu'on veut mais je tiens plus en place. J'attends un signe de madame Contini. Je l'espère. Je le crains. Je l'espère surtout.

Parfois Lisa s'approche très près de moi. J'ai peur qu'elle renifle l'odeur de sa mère alors je recule et je me mets à courir jusqu'à l'eau. Elle me rejoint. On joue à s'asperger. Puis on retourne aux serviettes et on ferme les yeux. Des lumières de toutes les couleurs nous passent sous les paupières. Des lumières très vives trempées dans le soleil qui nous a éblouis sur la mer. Je confonds les mots éblouir et oublier. C'est facile pourtant. Madame Contini m'éblouit et faudrait que je l'oublie. Avec Lisa il arrive qu'on s'endorme un moment. Nos mains se cherchent sur le sable qui brûle. Je frissonne. C'est Lisa que j'aime. Sa mère elle m'obsède mais je l'aime pas. Je suis dingue d'une ombre rousse. Impossible de retrouver le vrai goût de l'autre jour quand madame Contini m'a plongé dans ses cuisses et que c'était comme une drogue. Je me suis juré que j'irais plus là-bas sans Lisa bien réveillée qui restera tout le temps avec moi. Elle me fait peur madame Contini avec son rire et son regard fou quelquefois quand elle cache sa bouche dans le col de son chandail. En plus elle vole des objets à oncle Abel. Lisa avait raison. J'ai reconnu sur sa cheminée les statuettes en ferraille de la lune et du soleil. C'est pas qu'elles soient très belles. Si elle avait demandé à l'oncle il lui en aurait fait cadeau. Lisa dit que des hommes viennent dans la chambre de sa mère quand monsieur Contini voyage elle en est sûre. Ces hommes j'ai envie de les tuer.

« Qu'est-ce qu'on fera en Afrique ? demande Lisa.

— On deviendra des Africains.

— On sera tout noirs ?

— C'est sûr avec le soleil qu'ils ont là-bas.

— Et on mangera quoi ?

— Des gros lézards. Des larves gluantes et des saute-relles.

— Bah !

— Mais non ! On mangera des poulets des ananas des noix de coco. »

On se tait et on ferme encore les yeux. Le bruit des vagues à Pontaillac c'est la mer du Congo ou de la Guinée. Ces pays je les attrape avec une pince à épiler et ils s'envolent quand je souffle dessus.

« On ramassera des coquillages ? demande Lisa.

— Des énormes comme des têtes d'éléphants. Je les collerai contre tes oreilles et tu entendras l'Atlantique.

— En vrai ?

— Puisque je te le dis. »

Elle m'attrape encore la main et elle serre fort. Comme elle me paraît petite tout à coup Lisa et comme je l'aime d'amour sans un mot à croire que je tiens de l'oncle Abel question de pas faire des phrases.

45

Cet après-midi on est partis à Pontaillac. Lisa a mis sa serviette de plage avec une carte du monde sur son dos. Le cap Horn sur son omoplate gauche et la Californie sur la droite. Ça faisait deux petites montagnes qui se précipitaient dans les océans. D'abord elle a rien dit du tout comme en classe quand sa maîtresse lui colle du scotch sur la bouche et que ça lui arrache son duvet au-dessus de la lèvre si elle tire d'un coup. On a nagé dans les vagues. J'ai joué à faire le colosse des fontaines en gonflant mes muscles. Elle m'a regardé en silence. J'ai cru voir posés sur moi les yeux de madame Contini. Après on s'est roulés dans le sable. Lisa a dit que son père avait pas voulu de petit frère ou de petite sœur pour elle. Elle a entendu ses parents un soir qui parlaient fort dans leur chambre. Monsieur Contini répétait « pas d'enfant! pas d'enfant ». Je l'ai imaginé disant ça comme à la fin d'un dîner chez oncle Abel une fois y a très longtemps quand il les invitait encore chez lui. Monsieur Contini avait levé la main : « Pas de café! » Lisa a continué sur sa mère.

« Mon père a dit "pas d'enfant" alors ma mère s'est évanouie de vertige car elle tombait de haut. Après ils ont eu
la petite mongolienne... » On a parlé d'autre chose. Le
docteur Malik passait par là avec ses souliers blancs. Il
s'est accroupi pour observer de plus près la carte du
monde qui décorait le dos de Lisa. On était étendus dans
le sable. « Vous voyez cet endroit ? il a demandé en dépliant
la serviette comme un tableau. C'est Gibraltar. Un passage d'à peine plusieurs kilomètres. Autrefois mes enfants
la Méditerranée est devenue aussi sèche que la gorge d'un
chameau dans le désert. Puis un beau jour Gibraltar s'est
ouvert d'un coup d'épée tombé du ciel. Un éclair ou
quelque chose du genre. L'Atlantique s'est engouffré là-
dedans. Une chute d'eau comme personne n'en a plus
jamais vu. Et l'Atlantique a rempli la Méditerranée. »

On a fait « oui » de la tête. « C'est grave le vertige docteur Malik ? » j'ai voulu savoir. Le copain du Mektoub
m'a regardé d'un air étonné. « Ça dépend Marin. Faut
faire attention car la tête commande aux pieds et tu peux
te flanquer par terre en moins de deux. Mais tu as le
vertige toi ? » Lisa a répondu : « C'est ma mère des fois. »
Le docteur a souri. « Alors je lui déconseille le rocher de
Gibraltar. » Il a continué dans sa pensée pendant que
Lisa reprenait sa serviette et s'enroulait dans l'océan
Pacifique avec un crabe touloulou qui montrait ses
pinces. L'horizon tremblait sur la mer.

Plus tard j'ai accompagné Lisa à son cours de tennis.
Avenue de l'Europe on est tombés sur le studio Félix et
dans la vitrine trônait toujours la photo de Miss Pontaillac 1964 avec son sourire et ses mèches blondes. J'ai

planté là Lisa et son professeur. Fallait que je retrouve madame Contini. Fallait.

Je suis arrivé en nage devant le portillon. Elle était sur sa terrasse et nue dans un fauteuil en osier à feuilleter un magazine. Ses tétons roses étaient dressés au bout de ses seins. Je suis entré sans sonner. En me voyant elle a eu le même geste que Lisa quand elle se cache sous sa serviette. J'ai eu le temps d'apercevoir le fourré de son sexe et j'allais me précipiter quand une chose m'a stoppé. C'était bien ses yeux et sa bouche et ses mains mais c'était plus les mêmes. Ses yeux brillaient de fièvre ou d'alcool. Sur une tablette près d'elle y avait des tas de cachets. Sa bouche était sévère. Ses mains étaient celles d'une vieille femme et tendues en avant comme les mains de monsieur Contini quand il avait dit « pas d'enfant! ». Elle m'a défendu d'approcher. Je me suis encore avancé. « Ne me touche pas » elle a dit avec une vilaine grimace. Elle avait un coup de fouet sur le ventre et un autre sur l'épaule. « Une méduse m'a brûlée. C'est un supplice. Laisse-moi tranquille. » C'était plus sa voix quand elle me disait « viens » ou « petit salaud ». C'était froid. Ça brûlait de froid. Ça m'a fait comme une attaque de méduse. Alors c'est sorti sans réfléchir. Je lui ai demandé pourquoi elle était méchante avec Lisa. Pourquoi on jouait jamais avec la petite mongolienne. Et pourquoi elle venait plus me chercher pour m'amener dans sa chambre. Son regard est devenu terrifiant. Sa figure s'est tordue. Ses yeux ont lancé des flammes. Madame Contini s'est transformée en dragon.

« Fiche le camp et ne reviens plus traîner ici! » elle a crié. J'ai pas demandé mon reste. Je suis rentré chez oncle Abel avec l'envie d'aller au diable.

46

La maison baignait dans le silence. Le fourgon était pas garé comme d'habitude sur le trottoir. Je suis allé directement au dépôt où il faisait frais avec les volets à moitié refermés. Un filet de lumière montrait le chemin entre les chaises et les lits démontés au beau milieu de la pièce. Sur une table étaient posés deux objets bizarres que j'avais jamais vus. Des masques au devant tout grillagé avec un bavoir blanc dessous et des bourrelets de cuir sur les côtés. Tout près deux épées brillaient. « Des tenues d'escrime » j'ai pensé. Des mannequins de grands magasins étaient debout sur leurs socles. J'ai passé le plus large des masques puis j'ai pris une épée bien souple. Ma main tremblait encore de la dispute avec madame Contini. Un miroir me renvoyait un reflet très impressionnant. Mon visage avait disparu derrière le grillage. J'étais un chevalier sorti d'un livre sur les croisades. J'ai tenté un assaut devant le regard fixe des mannequins. « Dans le cœur d'Agnès Bariteau ! » j'ai crié comme un sourd sans imaginer qu'on pourrait m'entendre.

C'est à ce moment que ça a cogné contre un volet.

« Y a quinquin ? a demandé une voix prise du nez.

— Oui j'ai répondu en reposant le masque et l'épée et en arrangeant le mannequin qui avait perdu un bras dans la bataille.

— Agence Campiglia pour le panneau.

— Quel panneau ? »

Le bonhomme s'était radiné avec un immense « À vendre ».

« C'est pour M. Abel. Il l'installera où il veut a dit le gars en déposant sa planche de polystyrène équipée de quatre fils à retordre.

— À vendre ? j'ai lu tout bas.

— Ça partira vite a fait le bonhomme. Dans un quartier pareil. Faudra un bon rafraîchissement. Surtout en bas. Mais l'endroit est idéal avec les plages et les commerces… Il a senti l'aubaine ton père avec tous ces Parigots.

— C'est pas mon père » j'ai grogné.

J'en croyais pas mes oreilles. Je me suis retrouvé seul avec ce panneau et mes yeux pour pleurer. Quoi ? Oncle Abel vendait sa maison et il m'avait rien dit ! Et d'abord il partait où ? Et tous ces souvenirs qu'on avait là-dedans. Il allait les laisser là pour ceux qui viendraient derrière et qu'on connaissait pas ! À vendre ? J'ai remis le masque de fer. J'ai empoigné l'épée la plus dure et j'ai planté la pointe dans le panneau qui s'est transpercé d'un coup. C'était pas solide cette saloperie d'À vendre. Mais les lettres tenaient debout alors j'en avais après la terre entière. Après mon oncle Abel et après Miss Pontaillac

64. Après Lisa qu'était pas là alors qu'il fallait foutre le camp en Afrique. C'était vraiment le moment tiens avec ces adultes qui trahissaient comme ils respiraient. Je me demandais bien où elle était Lisa. En Mongolie partie voir sa petite sœur? Je savais qu'au fond elle lui manquait même si elle en disait jamais rien avec sa bouche bouclée à double tour.

Dehors j'ai pris le soleil à travers la figure. Oncle Abel était toujours pas rentré. Il allait avoir de mes nouvelles. Vendre Roger le potager et le bananier du jardin et la douche du citronnier avec le savon à la ficelle que Gladys avait rapporté du marché! Et les fines herbes et nos bons moments avec des rires et tout! Une boule me serrait la gorge. J'ai détalé dans la rue. Fallait trouver Lisa et grimper fissa sur un requin à Nauzan. Prendre le large et larguer les amarres ils disent dans les films.

J'ai d'abord couru vers Pontaillac. Lisa devait jouer là-bas. Peut-être qu'elle m'attendait. Son père avait pris sa journée rien que pour elle il avait dit la veille à oncle Abel. Moi j'avais haussé les épaules. J'ai dépassé un garçon qui poussait un fauteuil roulant. C'était Cyrille.

« Tu vas où à cette vitesse? »

Assis dans le fauteuil son père avait perdu ses grimaces. Il avait aussi perdu ses pattes comme les crabes qu'on torturait parfois dans les rochers moi et Lisa. Les jambes de son pantalon flottaient. Il avait plus les grosses godasses en cuir pour le faire souffrir.

« Je cherche Lisa.

— Lisa c'est ta poule? il a demandé.

— C'est malin » j'ai dit en repartant de plus belle. Ils

avaient l'air complices Cyrille et son père ficelé à son siège.

J'ai galopé sur la plage jusqu'aux piliers du casino là où monsieur Contini allait d'habitude. Mais je les ai pas trouvés alors je suis reparti vers chez Lisa. On devrait se tailler avec la marée pour attraper les courants.

47

Je suis arrivé essoufflé sur les hauteurs de Pontaillac. L'air était encore plus rare que sur la plage. Le soleil tapait comme un sourd sur les murs blancs des villas. On aurait dit qu'il jouait au squash contre mon front. J'ai retrouvé facilement la maison des Contini avec le grand escalier de marbre et le balcon en bois de l'étage où la mère de Lisa se faisait bronzer souvent. J'étais trempé de sueur et les gouttes dégringolaient rapides comme de petits lézards. Mes yeux picotaient. Mon cœur avait déjà envie de décamper. J'aurais dû prendre mes lunettes de soleil. Maman m'avait dit de jamais les quitter quand il faisait une lumière éblouissante. Tant pis j'y étais presque. Une musique tombait de là-haut sur l'électrophone. Le portillon de l'entrée était ouvert. J'ai avancé sans bruit. Je voulais pas que madame Contini me voie. La chambre de Lisa était vide. Par sa fenêtre j'ai regardé de l'autre côté du jardin vers le bassin d'eau fraîche avec des poissons rouges décolorés et des larges feuilles de nénuphar.

La musique résonnait dans la maison. Et aussi la voix de madame Contini. C'était pas sa voix. Elle soupirait. Elle poussait de petits cris que je reconnaissais. Elle parlait pas. Elle respirait fort et disait des mots hachés qui se noyaient dans la musique. C'était des mots à moi mais elle était avec un homme son mari peut-être. Je suis monté pieds nus sur les dalles de l'escalier. La photo de Miss Pontaillac 1964 me souriait de travers vu que le cadre avait eu le tournis. L'homme gesticulait dans le miroir de l'armoire à glace dont la porte était restée entrouverte. Il était sur elle. C'était pas monsieur Contini. Elle tournait la tête à droite et à gauche. Elle lui criait des mots pour qu'il continue. Elle souriait en vrai mais là c'était pas à moi qu'elle souriait. J'ai eu envie de pleurer. De me battre. De mourir. De déclarer la guerre et de tuer ce bonhomme. J'ai eu envie d'avoir vingt ans. D'avoir un couteau un revolver une épée. J'ai eu envie des seins de madame Contini que le gars tétait comme un bébé. J'ai eu envie de sentir l'écureuil roux de ses cuisses. Je mourais d'envie. Je mourais sur place. Mais un dur comme moi ça chialait pas. Une voiture s'est garée en bas. J'ai arrêté de respirer. Cette fois c'était son mari. Il est resté un moment au volant sans bouger. Il est pas descendu. Il a eu l'instinct du sixième sens. Il savait qu'il devait pas venir. La portière arrière s'est ouverte. Lisa est sortie. La voiture et tous ses chevaux sont repartis à fond comme quand il la déposait devant chez oncle Abel.

Lisa.

J'ai dévalé l'escalier. De la fenêtre de sa chambre je lui ai fait un signe de m'attendre. Elle a ouvert la bouche mais il est rien sorti. Je l'ai rejointe sous le pin parasol près de la rue.

« On y va! je lui ai dit.

— Où ça?

— Tu sais bien nager maintenant?

— Oui...

— Et le dos crawlé ça ira?

— Je crois...

— Alors on s'en va Lisa. »

Elle m'a regardé dans les yeux. Elle avait l'air fatiguée avec des cernes noirs comme du bouchon brûlé quand on se maquille pour mardi gras. Elle voulait que je lui explique mais j'avais rien à expliquer. Il faisait trop chaud d'abord. J'avais plus de salive et pas de larmes pour madame Contini. « On va nager » j'ai décidé. Lisa m'a suivi sans un mot. J'ai pris sa main. On a descendu les rues de Pontaillac en coupant par les petites allées de sable. On serait bientôt à Nauzan. En marchant je lui ai rappelé la planchette de liège et la ceinture à la taille avec les flotteurs et aussi les mouvements de bras en arrière et les battements des pieds. Elle avait plus peur du dos crawlé plus peur du tout.

On a dévalé les trottoirs jusqu'à la mer pour avoir un peu d'air. Le vent chamaillait les vagues. Elles finissaient en napperons de dentelle dans un bruit de mousse. Le soleil écrasait la ville et sûrement le monde entier. C'était l'été le plus chaud du siècle répétait la radio. Fallait plisser les yeux pour voir devant mais entendre ça je pouvais. Un moteur en furie s'était rapproché de nous et c'était des poneys lâchés à mort dans Pontaillac avec madame Contini qui cravachait son accélérateur. Elle nous cherchait. Les rayons du soleil tapaient dans son pare-brise. Les ailes de sa Mini étincelaient. On aurait cru une torche en plein jour. Je crois avoir vu ses yeux. Des yeux de folle dingue mais c'était peut-être un mirage avec cette chaleur qui mettait le goudron en bouillie. On a pris un chemin qui menait chez oncle Abel. À la maison elle nous trouverait trop facilement. J'ai eu une idée alors j'ai dit à Lisa de m'attendre une minute le temps d'aller chez l'oncle.

« Tu vas chercher quoi ?

— Tu verras. »

Je suis revenu avec les masques d'escrime. J'ai laissé les épées même si l'envie me manquait pas d'embrocher quelques grandes personnes et je mettais oncle Abel dans le lot avec madame Contini vu ses projets de vendre qui me restaient dans la gorge. En repartant Plouff a profité que j'ouvrais le portail sur l'avenue pour se sauver. J'ai eu beau lui crier de revenir il en a fait qu'à sa tête et a détalé vers la mer. J'ai rejoint Lisa. Je pouvais rien pour Plouff et de toute façon il connaissait le chemin pour rentrer.

« Mets celui-là c'est le plus petit.

— Je vais étouffer là-dessous ! a protesté Lisa.

— Sois pas bête y a des trous pour respirer.

— Ça sert à quoi ces machins ?

— À nous cacher la figure !

— Ma mère elle est plus maligne que ça. Elle nous reconnaîtra pareil.

— Viens je te dis ! »

À tout hasard j'ai sifflé Plouff mais il s'était enfui.

48

Le moteur de la Mini résonnait de plus belle dans les rues. Il se rapprochait menaçait grondait. Un orage. Ni une ni deux j'ai enjambé le muret de la corniche et Lisa avec moi. On nagerait le dos crawlé plus tard. D'abord fallait déguerpir. On se cacherait dans les rochers. Lisa disait rien. Elle sentait bien que sa mère nous poursuivait. C'était le début de la marée haute. Le vent gonflait les vagues et les voiles des bateaux derrière les bouées.

On marchait en contrebas de la route. Madame Contini pouvait plus nous voir. Lisa disait « doucement » à cause de ses chaussures qui fichaient le camp. Elle s'était déjà écorché les jambes. On était entre le Chay et le Pigeonnier. Les vagues remplissaient les trous rocheux. Elles éclataient en hauteur avec des bruits de monstre des *Vingt Mille Lieues sous les mers*. Lisa serrait fort ma main. L'océan prenait son élan avant de revenir cogner. Le moteur fou de la Mini remplissait l'air de plus belle avec ses grondements de tronçonneuse. J'étais pas tranquille pour Plouff. S'il se jetait sous les roues de madame Contini elle l'écraserait sans freiner c'était sûr.

« Pourquoi elle nous cherche comme ça ? a demandé Lisa.

— Je sais pas j'ai dit.

— Tu lui as parlé tout à l'heure ?

— Bien sûr que non !

— Elle faisait quoi ? »

J'ai haussé les épaules. « Lisa regarde devant toi tu vas encore déraper. » Le sol restait mouillé après chaque vague.

« En tout cas elle nous a vus continuait Lisa.

— Viens je te dis. »

Cette fois on entendait plus que la mer. Un haut-parleur envoyait des sons déchiquetés par le vent. C'était un concours de châteaux de sable à Pontaillac ou alors le championnat de billes. Je m'y étais pas inscrit cette année à cause que Lisa ça lui plaisait pas. J'avais préféré rester avec elle alors c'était moi la bille qui roulait sans savoir où. On voyait pas encore la plage mais les mots du haut-parleur se rapprochaient. Madame Contini avait dû rentrer chez elle et Plouff chez oncle Abel. C'était pas un fugueur notre Plouff. Je respirais mieux. Avec Lisa on s'est assis sur des rochers plats. On avait pas de lunettes de soleil pour arrêter de clignoter des yeux mais juste nos casques d'escrime avec leur rabat blanc sur la gorge. On était partis sans crème et ni serviettes. Avec nos maillots de bain sur nous et le regard énervé de madame Contini comme un coup de chaud dans le dos. En contrebas un pêcheur a attrapé un congre énorme qu'il s'est mis à frapper contre les rochers pour l'empêcher de mordre. Après il l'a ouvert d'une estafilade avec son couteau et il a tiré trois mulets et deux petites soles que le poisson serpent digérait tranquillement. L'eau a rougi à la surface. « C'est dégoûtant » a dit Lisa. J'étais sûr qu'elle pensait à Jeanne Merteuil avec son bébé dans le ventre. On s'est mis à l'ombre sous un amas de rochers qui s'avançaient pareils à un toit. On voyait juste le haut des vagues quand elles s'écrasaient plus bas. Nos voix résonnaient comme si on s'était cachés dans un coquillage géant. Lisa s'est serrée contre moi. Je devinais ses yeux à travers le grillage de son masque. Sa peau était découpée en petits carrés. C'était bizarre de la voir toute fendillée en vieille poupée de porcelaine. On aurait cru madame Contini.

« Moi aussi je suis en mille morceaux ? j'ai demandé.

— Bien sûr ! Je crève de chaud moi là-dessous.

— Enlève ton masque » j'ai dit brusquement en ôtant le mien.

Je pouvais plus la regarder avec la figure de sa mère. Elle m'a fait un baiser esquimau avec son nez qui pelait.

« T'es allée à la plage ?

— Oui avec mon père.

— Où ça ?

— À la Grande Côte.

— Je t'ai cherchée à Pontaillac.

— Je m'en doute. C'est pour ça qu'il m'a emmenée là-bas. Il voulait qu'on soit juste tous les deux.

— C'était bien ?

— Il m'a parlé de ma petite sœur Maud. Elle est pas

en Mongolie mais dans une école spéciale où elle reste aussi pendant les vacances. Elle va peut-être venir à la maison.

— Toi tu voudrais?

— Si mes parents s'occupent pas d'elle ça va retomber sur moi. Elle rit tout le temps il paraît mais moi j'ai pas envie de rigoler. Enfin oui ce serait bien aussi qu'elle soit là. »

La chaleur faisait une sorte de mirage. De minuscules silhouettes tremblaient dans une vapeur d'huile. C'était des enfants qui jouaient au club des Papous. On se gardait au frais sous les rochers. Lisa me collait. Elle était plus belle que sa mère. Ça se voyait dans ses yeux malgré les cernes. Il suffisait qu'elle me regarde d'une certaine manière et je sentais des frissons dans le ventre et partout. Lisa elle me donnait envie d'être heureux pour deux et de vivre ensemble plus tard et de l'embrasser tout de suite mais pas comme avec madame Contini.

« Tu sais Marin…

— Quoi?

— Ça m'est arrivé de me perdre moi aussi comme le petit l'autre jour sur la plage.

— Et qu'est-ce qui est arrivé après?

— Rien. Ma mère me cherchait même pas. Des gens me ramenaient au poste des maîtres nageurs et ils disaient qu'une petite fille attendait sa maman. Un jour j'ai donné un faux prénom et personne est venu. »

Elle a arrêté de parler. Je me suis demandé ce que cachait ce silence.

« De toute façon moi je ferai pas de vieux os.

204

— Pourquoi tu dis ça?

— C'est marqué là. »

Elle a tendu sa main droite et m'a montré une ligne coupée de tous les côtés.

« Tu vois c'est ma ligne de vie alors...

— Des bêtises » j'ai répondu en haussant les épaules.

Lisa s'est mise à se tortiller.

« Tu veux pas me gratter là? elle a demandé. À côté de l'omoplate. Oui là. Très fort. Avec tes ongles. Mais gratte je te dis! »

J'ai gratté un peu à contrecœur. Elle m'avait donné ses ordres sur le même ton que madame Contini quand elle voulait des caresses dans sa fourrure. Rien que d'y penser j'ai eu la chair de poule en compote.

« T'as froid? s'est étonnée Lisa.

— T'occupe » j'ai dit.

Elle a plus bronché.

On a quitté doucement notre abri. Nos yeux pleuraient dans la lumière. On a remis nos masques. Lisa m'a pris la main pour pas tomber. On avait envie d'essayer le dos crawlé. Elle était prête. Le vent portait jusqu'à nous les cris des enfants. À Pontaillac le concours de châteaux de sable était fini. On fêtait les gagnants dans le haut-parleur. Les gens applaudissaient. Un avion survolait la plage avec une banderole pour une huile solaire. On en aurait eu bien besoin. Le camion-cage du cirque Roger Lanzac promenait son lion et ses deux tigres en annonçant le dernier spectacle avant son départ pour Ronce-les-Bains. Les plus jeunes se précipitaient pour aller regarder les fauves. Nous on en verrait bientôt de terribles sur les côtes de l'Afrique et ils seraient libres.

Au-dessous de nous à moins de trois mètres madame Contini marchait trop vite et le regard fou sur les rochers mouillés. Après c'est allé très vite monsieur le policier. Je vous jure qu'avec Lisa on a rien fait. Madame Contini a levé les yeux au ciel et là elle est tombée sur nos figures masquées de chevaliers. Elle a poussé un cri de peur à cause de nos têtes en grillage puis elle a glissé jusqu'en bas de son vertige et là elle s'est déchiquetée comme le congre qui barbotait dans son sang. J'ai pas bougé je vous promets mais c'est bien fait pour elle moi je dis.

Sur les vagues après les bouées deux baigneurs glissaient dans le soleil. Les bras tendus ils nageaient le dos crawlé. Moi et Lisa on les buvait des yeux et on les aurait regardés toute la vie.

Achevé d'imprimer
sur Roto-Page
par l'Imprimerie Floch
à Mayenne, le 26 septembre 2011.
Dépôt légal : septembre 2011.
1ᵉʳ dépôt légal : juin 2011.
Numéro d'imprimeur : 80586.

ISBN 978-2-07-013418-2/Imprimé en France.

239067